人间四时读好诗

张静 于家慧 — 著

北方联合出版传媒(集团)股份有限公司
万卷出版有限责任公司

果麦文化 出品 | GUOMAI

人间四时读好诗

张静 于家慧 — 著

北方联合出版传媒(集团)股份有限公司
万卷出版有限责任公司

果麦文化 出品 | GUOMAI

序

中国当代古典诗词大家、南开大学中华诗教与古典文化研究所所长叶嘉莹先生认为古典诗歌中有一种"感发的生命"：

> 诗人之所异于常人，是由于他能够把自己内心的感动传达出来，使别人甚至千百年以后的人读了他的诗也可以产生同样的感动。而且还不止于此，读者还可以从他的感动引发联想，结合自己的历史文化背景，生发出新的感动。这种感动永远是生生不已的，如果给它起一个名字，可以叫作"感发的生命"。

——《叶嘉莹说汉魏六朝诗》

叶嘉莹先生的诗教思想，总其要旨，便是"兴发感动"四个字，她认为：

> 这种兴发感动之本质与作用，就作者而言，乃是产生于其对自然界及人事界之宇宙万物万事的一种"情动于中"的关怀之情；而就读者而言，则正是透过诗歌的感发，要使这种"情动于中"的关怀之情，得到一种生生不已的延续。

——《谈古典诗歌中兴发感动之特质与吟诵之传统》

诗人有一种特殊的锐感，能够把投射于心灵的感动表达出来。外物对人心的触动,最直接的便是周围世界的变化,从春暖花开到寒风凛冽,四季更替是再普通不过的自然规律,然而这最普通的变化经过诗意的书写之后也会异彩纷呈,宋人郭熙四季看山,见"春山澹冶而如笑,夏山苍翠而如滴,秋山明净而如妆,冬山惨淡而如睡",春夏秋冬的变化,简直让山有了不同的容貌、不同的性格,宛然如生。其实何止于山,花草树木、风云月露,都在节序的推移中各有不同的风貌。

郭熙看山还只是客观描摹,再进一步,"悲落叶于劲秋,喜柔条于芳春。心懔懔以怀霜,志眇眇而临云"(陆机《文赋》),生灭悲欣,触人心怀,天地万物,动人思绪,于是四时物色便关联了情意。

春天万物滋长,生意欣然,是孔子舞雩台上的和风,是王羲之兰亭畔的流水。孟浩然春睡醒来,关切地问道"夜来风雨声,花落知多少";春风吹绿枝头的桑叶,李白想到远在东鲁的一双小儿女,爱怜之心油然升起,不知他们"双行桃树下,抚背复谁怜"。

夏天佳木繁荫,炎天流火,对于悠闲的人来说,是"水晶帘动微风起,满架蔷薇一院香"(高骈《山亭夏日》),对于劳苦的人来说,是"足蒸暑土气,背灼炎天光"(白居易《观刈麦》)。陶渊明孟夏幽居,享受耕读之乐。苏东坡夏夜渡海,想到自己历尽劫波,仍是"天容海色本澄清"。

秋天凉风白露,木叶飘黄,给人最直观的感受便是衰落与消亡。志士悲秋,悲的是岁月不居、功业不就,"岁华尽摇落,芳意竟何成"(陈子昂《感遇》),零落的草木让人联想到人生的迟暮,不禁叩问自己是否不负光阴,不负此生。可是也有人在秋天里高吟"晴空一鹤排云上,便引诗情到碧霄"(刘禹锡《秋词》)。不同的感受关乎性情,柳永见秋景萧疏,"堪动宋玉悲凉",面对忧愁风雨,黄庭坚却可以"风前横笛斜吹雨,醉里簪花倒著冠"。

冬天寒冷肃杀,客居长安襟抱不得舒展的李贺暗想"少年心事当拏云,谁念幽寒坐呜呃",红炉温酒的白居易则欣然对好友发出邀请:"晚来天欲雪,能饮一杯无。"

每一个季节都有属于自己的印象,但是因为诗人的感情和经历,心性与品格,四季的印象不再刻板。春夏秋冬,都可以悲,可以喜,可以感慨遭际,也可以安享晏如。那些被四时风物逗引起诗意的诗人,便是叶先生所说"把感动传达出来"的人。我们有幸生于斯人之后,透过四时风物去看他们的悲欢喜乐、命运浮沉,看他们以诗意的方式感受世界、认识自己、面对考验、持守人生,作为读者,每一个人也必有属于自己的体验与感动,于是诗意也在古人与今人之间,在繁花与落叶之间,绵延赓续,生生不已。

目 录

陶渊明

停云　002

读山海经十三首·其一　006

饮酒二十首·其五　008

饮酒二十首·其四　010

孟浩然

春晓　014

夏日南亭怀辛大　016

过故人庄　018

早寒江上有怀　020

王维

辛夷坞　024

积雨辋川庄作　026

九月九日忆山东兄弟　028

杂诗三首·其二　030

李白

寄东鲁二稚子　034

下终南山过斛斯山人宿置酒　036

陪族叔刑部侍郎晔及中书贾舍人至游洞庭五首·其二　038

行路难三首·其一　040

杜甫

赠卫八处士　044

江村　046

月夜忆舍弟　048

悲陈陶　050

白居易

醉中见微之旧诗有感　054

采莲曲　056

夜雨　058

问刘十九　060

李贺

浩歌　064

新夏歌　066

梦天　068

致酒行　070

薛涛

柳絮　074

池上双鸟　076

赠远二首·其一　078

酬辛员外折花见遗　080

李商隐

锦瑟　084

晚晴　086

无题二首·其二　088

悼伤后赴东蜀辟至散关遇雪　090

温庭筠

梦江南（千万恨）　094

梦江南（梳洗罢）　096

更漏子（玉炉香）　098

侠客行　100

柳永

凤栖梧（伫倚危楼风细细）　104

望海潮（东南形胜）　106

玉蝴蝶（望处雨收云断）　108

望远行（长空降瑞）　110

晏殊

浣溪沙（一向年光有限身）　114

浣溪沙（小阁重帘有燕过）　116

鹊踏枝（槛菊愁烟兰泣露）　118

蝶恋花（南雁依稀回侧阵）　120

欧阳修

采桑子（群芳过后西湖好） 124

临江仙（柳外轻雷池上雨） 126

蝶恋花（越女采莲秋水畔） 128

渔家傲（腊月年光如激浪） 130

苏轼

临江仙·送钱穆父 134

六月二十日夜渡海 136

鹊桥仙·七夕送陈令举 138

和子由渑池怀旧 140

晏几道

鹧鸪天（彩袖殷勤捧玉钟） 144

生查子（官身几日闲） 146

阮郎归（旧香残粉似当初） 148

临江仙（身外闲愁空满） 150

黄庭坚

寄黄几复 154

满庭芳（修水浓青） 156

鹧鸪天（黄菊枝头生晓寒） 158

虞美人·宜州见梅作 160

秦观

减字木兰花（天涯旧恨） 164

纳凉 166

鹊桥仙（纤云弄巧） 168

阮郎归（湘天风雨破寒初） 170

周邦彦

解连环（怨怀无托） 174

苏幕遮（燎沉香） 176

玉楼春（桃溪不作从容住） 178

少年游·感旧 180

李清照

如梦令（昨夜雨疏风骤） 184

如梦令（常记溪亭日暮） 186

声声慢（寻寻觅觅） 188

清平乐（年年雪里） 190

杨万里

新柳 194

暮热游荷池上五首·其三 196

秋凉晚步 198

夜泊平望二首·其一 200

辛弃疾

摸鱼儿（更能消几番风雨） 204

鹊桥仙·己酉山行书所见 206

清平乐·独宿博山王氏庵 208

青玉案·元夕 210

姜夔

淡黄柳（空城晓角） 214

念奴娇·谢人惠竹榻 216

送范仲讷往合肥三首·其二 218

鹧鸪天·元夕有所梦 220

纳兰性德

菩萨蛮（朔风吹散三更雪） 224

一丛花·咏并蒂莲 226

浣溪沙（谁念西风独自凉） 228

采桑子·塞上咏雪花 230

龚自珍

己亥杂诗·其五 234

湘月（天风吹我） 236

秋心三首·其三 238

己亥杂诗·其三一二 240

* 本书词作标点，采取词集整理的一般办法，韵用句，句用逗，停顿处用顿号。

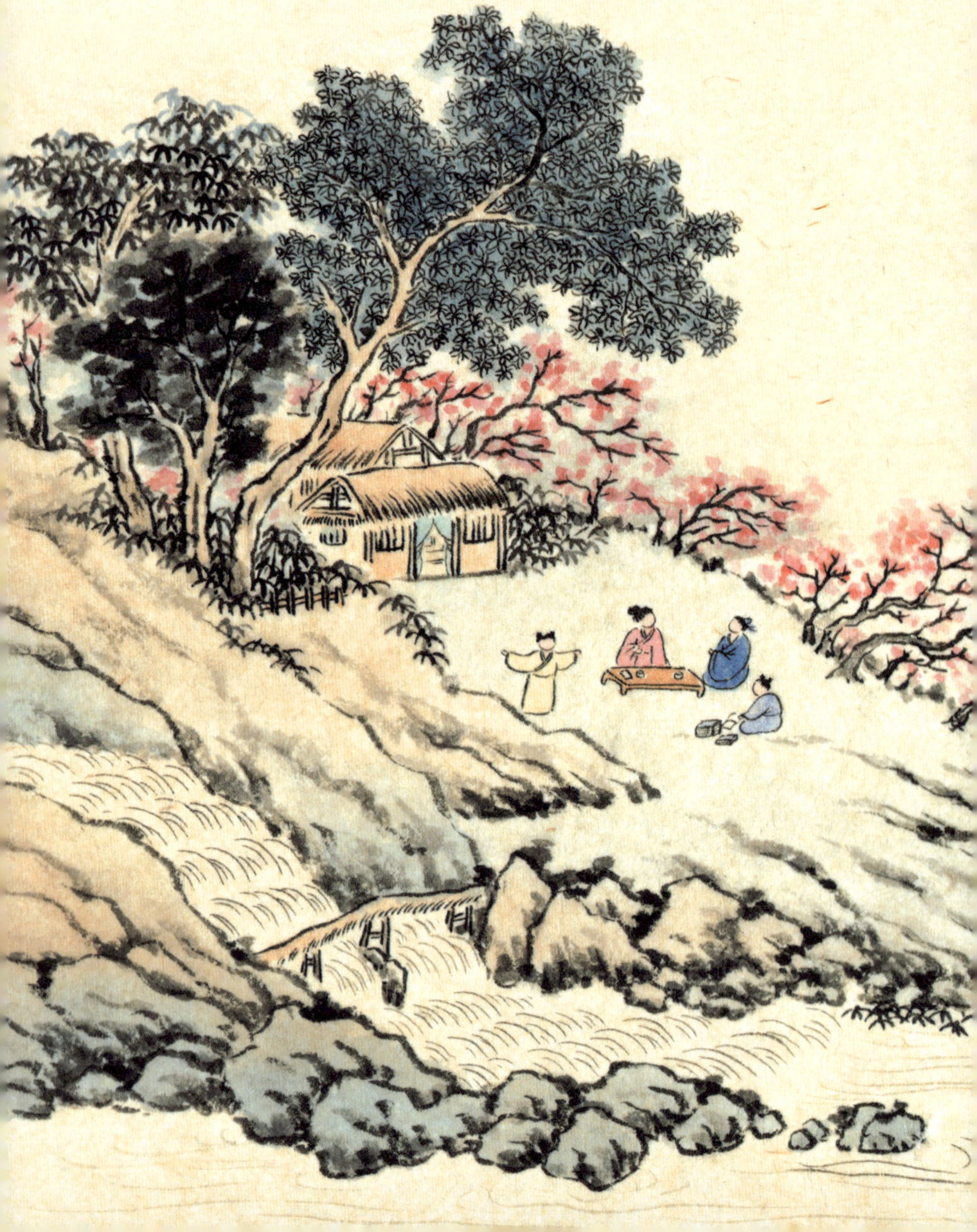

陶渊明

(365—427)

一名潜,字元亮,自号五柳先生,浔阳柴桑(今江西九江)人。闲静少言,不慕荣利,不堪吏职,归田躬耕。其诗咏怀言志,平和恬淡,开田园一派,唐之王、孟、韦、柳,宋之苏、陆、杨、范,莫不受其沾溉。

停云

停云,思亲友也。罇湛新醪,园列初荣,愿言不从,叹息弥襟。

霭霭停云,濛濛时雨。
八表同昏,平路伊阻。
静寄东轩,春醪独抚。
良朋悠邈,搔首延伫。

停云霭霭,时雨濛濛。
八表同昏,平陆成江。
有酒有酒,闲饮东窗。
愿言怀人,舟车靡从。

东园之树,枝条再荣。
竞用新好,以怡余情。
人亦有言,日月于征。
安得促席,说彼平生。

翩翩飞鸟,息我庭柯。

敛翮闲止，好声相和。

岂无他人，念子实多。

愿言不获，抱恨如何。

— 注释 —

* 罇：同"樽"，酒器。湛：沉，澄清。醪（láo）：酒。初荣：新开的花。愿：思慕。言：语气助词，无实义。弥襟：满怀。

* 霭霭：云雾密集的样子。

* 八表：八方。伊：语气助词，无实义。

* 抚：持。

* 悠邈：遥远。延伫：长时间站立，形容盼望之切。

* 靡：没有。

* 新好：春天的新树。

* 于：语气助词，无实义。征：指时光流逝。

* 促席：坐近。

* 庭柯：庭院中的树木。

* 敛翮（hé）：收敛翅膀。

— 品读 —

　　伟大的诗人常有一种遗世独立的孤独感，滔滔浊世，普通人可以"淈其泥而扬其波"（屈原《渔父》），他们却不肯。

　　因为天性之中那种慕光好洁的本质，陶渊明离开官场,走向田园。可是,即便一个人背离尘俗,遵从心之所向选择了自己喜欢的生活,也还是渴望着这个选择能被周围的人理解。"思亲友"的这首《停云》诗,便是在呼唤一个可以促膝谈心的"良朋"。

陶渊明有这样的"良朋"吗?只怕是很少的。他曾慨叹"邻靡二仲,室无莱妇,抱兹苦心,良独内愧"(陶渊明《与子俨等疏》),遗憾连近邻与妻子都不能理解他的选择,只能是"欲言无予和,挥杯劝孤影"(陶渊明《杂诗》十二首其二)。

每个人来到这个世界上都拥有独一无二的灵魂,有人始终随波逐流,属于自己的灵魂不曾苏醒,有人却是清楚地明白自己是什么样的人,愿意过什么样的生活。自我觉醒的灵魂注定要承受与世长违的孤独,然而,与自己相处,与心灵对话,纵然孤独,却是诗意的开始。

陶渊明是如何处理他的孤独的呢?《停云》这首诗是一个很好的范例。我们知道他在春雨蒙蒙、云气缭绕的时节思念一位朋友,他非常想跟这位朋友见面相谈,可最终还是未能见到。"愿言不获,抱恨如何。"只看这最后的两句话,真是充满孤寂和悲伤。

然而通篇读下来,全诗却并没有怀人不见那种近乎凄厉的情调,因为大自然本身即可成为陶渊明安置自己心魂的所在。这首写在春天的诗里,有窗边新酿的春酒,有园中新生的枝条,有树上婉转鸣叫的飞鸟。陶渊明享受这一切,在思念良朋的同时也有余裕去欣赏身边的美景，深挚的思念弥散在春色之中，淡去了一些感伤的味道。

《停云》四言的诗句，读起来从容舒缓，遣词造句色调温暖，笔触和柔，于是读者所体验到的，更多的是风光之盛与闲适之美，而非趋于激烈的思念之情。在孤独中寻找慰藉与快乐，在四时风物里妥帖安置自己的情绪，是陶渊明教给我们的生存智慧。

读山海经十三首·其一

孟夏草木长,绕屋树扶疏。
众鸟欣有托,吾亦爱吾庐。
既耕亦已种,时还读我书。
穷巷隔深辙,颇回故人车。
欢然酌春酒,摘我园中蔬。
微雨从东来,好风与之俱。
泛览周王传,流观山海图。
俯仰终宇宙,不乐复何如。

— 注释 —

* 孟夏:夏季的第一个月。扶疏:枝叶茂盛,疏密有致。
* 穷巷:冷僻简陋的小巷。深辙:大车的车辙。
* 周王传:指《穆天子传》。山海图:指《山海经图》。

— 品读 —

　　苏轼评价陶渊明说:"欲仕则仕,不以求之为嫌;欲隐则隐,不以去之为高。"(苏轼《书〈李简夫诗集〉后》)有的人归隐,不过是为了高自标置,更有所图;有的人归隐,满心怨怒,对仍旧混迹官场的故人不以为然甚至大加斥责。但陶渊明并非如此，他选择归隐，只是因为社会环境难以用世，田园生活才符合他自然的天性。唯其如此，这首诗中才会有"穷巷隔深辙，颇回故人车"这样温厚蔼然的言语——他不肯指责故人势利，因他离开官场而不再问津，只说僻处窄巷，大人先生们的马车进不来。

陶渊明选择田园，只因田园是他的乐土，绝非为了故意做出一种清高的姿态给别人看。当我们做出选择的时候，如果也能像陶渊明这样，摈除"做给谁看"的心理，只是单纯遵从自己心之所向，一定能获得心灵上的快乐与满足。

这首诗写的便是陶渊明的快乐与满足：在草木繁茂的夏天，他陋巷幽居，耕了田，播了种，完成必要的劳作，剩下的时间便是自己的，可以去读读书，可以就着自种的蔬菜喝喝小酒，再不必如身处官场时那般精神紧绷。

"吾亦爱吾庐""时还读我书""摘我园中蔬"，一再出现的"我"字表现出诗人由衷的归属感——他是属于这里的，这里是他真正能舒展自我的所在。

饮酒二十首·其五

结庐在人境,而无车马喧。
问君何能尔,心远地自偏。
采菊东篱下,悠然见南山。
山气日夕佳,飞鸟相与还。
此中有真意,欲辨已忘言。

— 注释 —

* 人境:尘世,人间。

— 品读 —

  闲居的生活没有目的性,就像孟夏读书的陶渊明,读的是《穆天子传》《山海经图》这些神话奇谭,是很随意地"泛览"与"流观",不必以读书为进身之阶,而是"好读书不求甚解"。
  暮色秋光,东篱采菊的陶渊明,本无看山的打算,可就在折下菊花流目四顾的那一刻,南山在望,天地顿远。
  生活在尘世间的人如何做到逃开车尘马足而归向酒盏花枝?如何像陶渊明一样享受简单的快乐,遇见不期的美好?这首《饮酒》诗给出的回答是"心远地自偏"。

生于世间，难免身为物役，乃至我们常常忘了，心灵有时是可以超越形体而存在的，心灵能去往我们的身体达不到的地方。

当陶渊明把自己的精神从功名利禄中超拔出来，他隐约感觉到秀美的山色、归巢的飞鸟中存在着某种人生真谛。

但他并没有去细想。

"欲辨已忘言"妙就妙在不去絮絮述说归隐的好处，而是在体验到心灵的自由与美好的那一刻，便悠然放任自己沉浸其中。

赏陶诗之美，应在其不着意处。

对于我们来说，大多数时候，周围的世界没有南山可望，也没有菊花可采，但我们可以放自己的心灵去赏菊色，去见南山，给心灵一个桃花源，从车马喧阗中辟出一方幽静的天地，从忙乱的生活中暂时解脱。

饮酒二十首·其四

栖栖失群鸟，日暮犹独飞。
徘徊无定止，夜夜声转悲。
厉响思清远，去来何依依。
因值孤生松，敛翮遥来归。
劲风无荣木，此荫独不衰。
托身已得所，千载不相违。

— 注释 —

* 栖栖：不安的样子。

* 厉响：激出音响，指急啼。

* 值：遇到。

— 品读 —

　　一只离群的鸟徘徊飞翔，每一个孤独的深夜，它都会发出凄厉的鸣叫，因为它不知道自己将归向何方。

　　终于有一天，它看到了一棵孤直挺立的松树，严冬肃杀的寒风下，其他的树木都憔悴凋零，只有松树青荫不改。这只鸟收敛羽翼停息在松树上，终于找到了寄身之处。

在这首诗中,"失群鸟"和"孤生松"都是有象征意味的。"失群鸟"是与世相违、离群索居的人,"孤生松"是这个人最终选择的人生道路。

陶渊明弃官之后再不出仕,认识到这是"实迷途其未远,觉今是而昨非"(陶渊明《归去来兮辞》),他选择归隐,就真的在这条道路上走完一生。"托身已得所,千载不相违。"一个人斩钉截铁地说出这句话,他是真正对自己、对人生有了深刻的认识。

电影《无问西东》里,清华大学校长梅贻琦用几句话回答了"什么是真实":"看到什么,听到什么,做什么,和谁在一起,有一种从心灵深处满溢出来的、不懊悔也不羞耻的平和与喜悦。"这应该是一个人真正认识自己、真正去过自己想过的生活之后的状态。对于陶渊明来说,这种状态是春日的停云,是东篱的秋色,是孟夏的幽居,那是他终于超越了自己生命中的寒冬,能够安然坐看四时流转的诗意人生。

我们是否能真正认识到自己是什么样的人?是否能选择一条适合自己的人生道路,然后坚定不移地走下去?

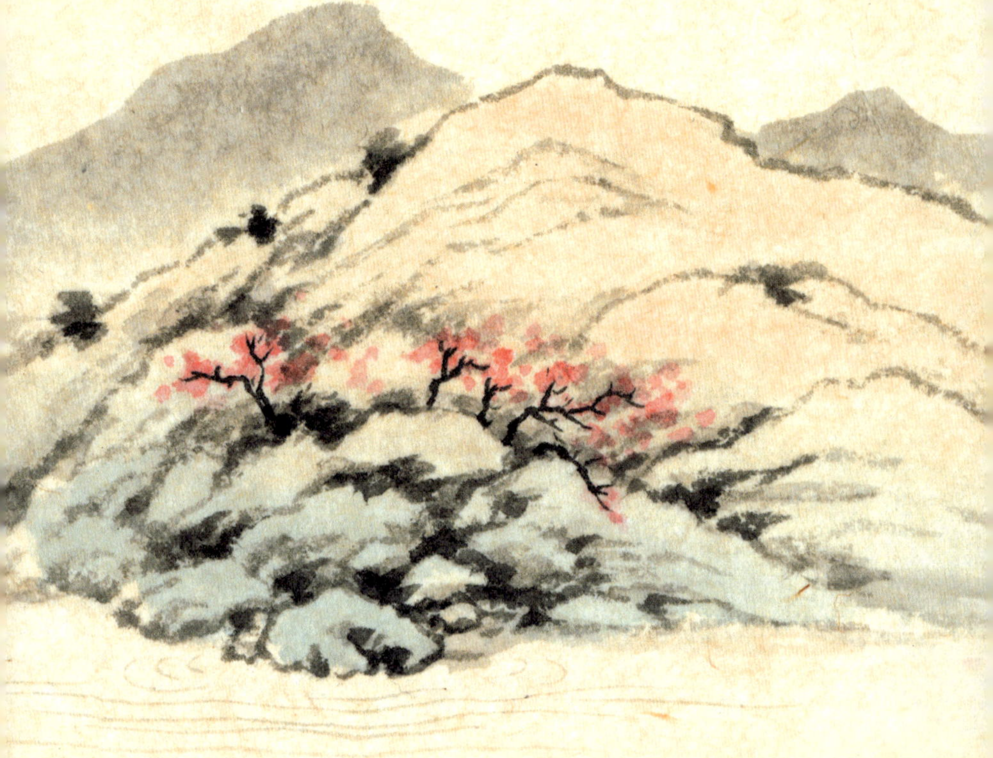

孟浩然

(689—740)

字浩然,号孟山人,襄州襄阳(今属湖北)人。平生沦落,布衣终老,然名重当时,为盛唐山水田园诗派之代表诗人。工五言诗,兴致清远。

春晓

春眠不觉晓,处处闻啼鸟。
夜来风雨声,花落知多少。

— 品读 —

"春眠不觉晓",这是汉语世界里熟悉而亲切的诗句,像"床前明月光"一样,生长在每一个中国人牙牙学语的记忆中。

这首脍炙人口的小诗,写的是春日清晨闲适恬淡之美,细腻入微,令人神往。

不寒不暖最舒服的季节,一夜好眠,不知不觉天已经亮了。对于不得不经常熬夜、早起的人来说,这是多么令人羡慕的享受啊。因此首句这"不觉"二字便妙不可言。

懵腾睡意被山间清脆的鸟鸣驱散,恍然想起昨夜似乎听到了风雨声,于是有此一问:夜来风雨声,花落知多少?这一问所流露的是非常细腻的惜春之情,没有大呼伤感,没有渲染落花满地狼藉残红,只有这若不经意的一问。但诗人对周围世界的关怀、对美好事物的爱赏，都蕴含在这含蓄浅淡的一问之中。

　　而我们，又有多久不曾好好睡上一觉，不曾细心体察周围一花一木的变化了呢？

夏日南亭怀辛大

山光忽西落，池月渐东上。
散发乘夕凉，开轩卧闲敞。
荷风送香气，竹露滴清响。
欲取鸣琴弹，恨无知音赏。
感此怀故人，中宵劳梦想。

— 注释 —

* 轩：窗。闲敞：安静空旷之处。
* 中宵：半夜。

— 品读 —

  这首诗前六句都是在写夏夜乘凉，写得闲适而优美。日落月升，时间悄然流逝，诗人也并无急事可做，随意披散着头发，躺在窗下享受晚风这一丝凉意。"荷风送香气，竹露滴清响"，孟浩然写景清绝，这两句幽香翠色，令人神思清旷，溽暑顿消。

  直到"欲取鸣琴弹，恨无知音赏"，方始点出题目怀人之意。自伯牙子期高山流水之后，琴一直被视为寄托心声、渴求知己的象征。此处取琴欲弹，却恨无人解赏，自然引出对良友的怀念。

　　诗人想到朋友，深夜难眠，切切相思。虽有怀人之惆怅，但惆怅的意味已在水色月光、荷风竹露中被消解到并不伤人的程度。于是这首怀人之作更多地让我们感受到清幽闲适之美，或在良辰美景之中也怀念起知心解意的良友，恰如陶渊明那首《停云》诗。伟大的诗人总是对世间美好的一切怀有一份爱赏的心情，这份爱赏之情很多时候便是我们对抗悲哀与痛苦的武器。

过故人庄

故人具鸡黍,邀我至田家。
绿树村边合,青山郭外斜。
开轩面场圃,把酒话桑麻。
待到重阳日,还来就菊花。

— 注释 —

＊场:谷场。圃:菜园。

— 品读 —

  孟浩然诗最得清淡自然之趣,乍看或乏警句,但诗味已被冲散在字里行间。这首《过故人庄》写田园之乐,如话家常,诗人不是"在生活中寻找诗",而是过着"诗一样的生活"。

  老朋友炖了鸡肉、煮了黍饭,请诗人来乡间做客。小小村落被绿树环绕,远处便是一带青山。打开门窗,触目所及都是田园风光;端起酒杯,说的也全是采桑种麻之类的农事。这样的景物,这样的话题,对诗人来说是舒适而无压力的。他愿意待在这样的环境里跟朋友说这些话,就像陶渊明诗里的"闻多素心人,乐与数晨夕",与心地纯净之人相对,是快乐的事情。

快乐的事谁不想多来几次呢?于是他们欣然定下了再会之约:待到重阳日,还来就菊花。重九秋光,我们还来这里共赏菊花吧。

早寒江上有怀

木落雁南渡,北风江上寒。
我家襄水曲,遥隔楚云端。
乡泪客中尽,孤帆天际看。
迷津欲有问,平海夕漫漫。

— 注释 —

* 南渡:南飞。
* 襄水:源出襄阳南漳县北,东流入汉水。曲:水湾。
* 迷津:找不到渡口。平海:一望无际的大江。夕:傍晚。漫漫:广远无际。

— 品读 —

孟浩然一生曾多次行船江中,往来各地。种种情形,既见诸自己的诗篇,又出现于他人的笔下。李白《黄鹤楼送孟浩然之广陵》就是记录孟浩然的一次旅行,从当时的江夏顺长江去往扬州。烟花三月的春天,春风十里的扬州,一切都是如此绚烂、美好,充满了生机与希望。

而这首《早寒江上有怀》作于寒冷萧瑟的冬日,

似乎也预示着诗人落寞愁苦的心绪。"木落雁南渡"，一上来就写眼中所见，其中却饱含作者的感情。树叶飘零，大雁南飞，而"我"依然淹留他乡，隐然有与薛道衡《人日思归》"人归落雁后"同样的感慨。"我家襄水曲，遥隔楚云端"，看似只是写作者家乡的地理位置，而一个"曲"字多么窈窕深婉，一个"楚云"又会让人联想到"朝为行云"的巫山神女。平平道来的两句，给人以一种缥缈多情、令人神往的美感。

然而作者此时位于越地，所以是"遥隔"，可望而不可即。所以后面说"乡泪客中尽，孤帆天际看"，那一叶孤舟何去何从，恰如自己进退失据。尾联"迷津欲有问，平海夕漫漫"，语带双关，既是说身处江边，欲问津渡，又暗喻出处行藏的迷惘，想要寻觅人生的出路与方向。这首诗每一联都充满了感发的力量，文字表面之下有着更为深远的情意。始于思乡，最终仍归结到进退出处这一古代文人的重大关节之上。

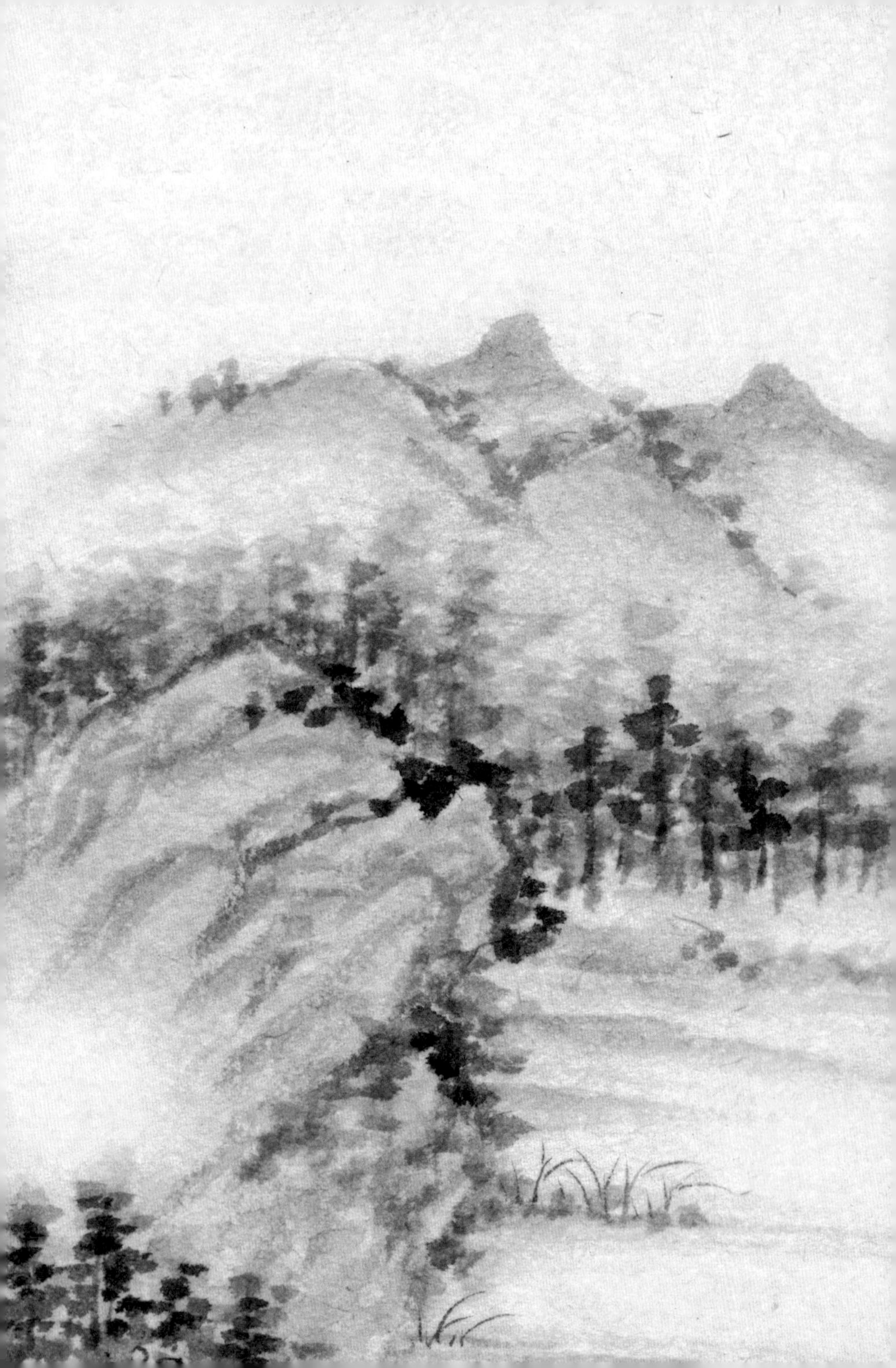

王维

（701？—761）

字摩诘，祖籍太原祁县（今属山西），后徙家河东（今山西永济）。唐玄宗开元九年（721）进士及第，授太乐丞。官至尚书右丞，世称"王右丞"。王维多才艺，精通诗文、书画、音乐，其诗清新秀雅，兼善各体，尤擅长山水田园诗，为盛唐山水田园诗派的代表作家，与孟浩然齐名，世称"王孟"。

辛夷坞

木末芙蓉花，山中发红萼。
涧户寂无人，纷纷开且落。

— 注释 —

* 坞（wù）：山坳。
* 木末：树梢。芙蓉：莲花，辛夷花形似莲花，故名。
* 涧户：山崖水涧像门户一样相对。

— 品读 —

　　这是一片生满辛夷的山谷，空寂无人，只有草木蔓发，春山可望。枝头的花蕾被春天的气息唤醒，纷纷舒展了花瓣。一年又一年，娇红艳丽的辛夷就在这片山谷中绽放、繁盛、凋零，无人欣赏，也无人惋惜。

　　这首诗极具空静之美，完全淡化了主观情感的倾注，仿佛一帧从自然界随手截取的画面。他者的凝视在这幅画面中是不存在的，只有辛夷花在静寂的春山间自然开落。春天来了，它就尽情绽放；花时过了，它就静静凋零。不因无人解赏而失意，也不因零落成泥而悲伤。

　　生长在山间水湄的辛夷花有一种自给自足的生命

状态，它的存在是无待于外物的。如果一个人也可以自由舒展天性，不被他人的评价定义，不因命运的变迁忧虑，还生命以饱满自然的本质，他一定会拥有无数不期而遇的美好。

积雨辋川庄作

积雨空林烟火迟,蒸藜炊黍饷东菑。
漠漠水田飞白鹭,阴阴夏木啭黄鹂。
山中习静观朝槿,松下清斋折露葵。
野老与人争席罢,海鸥何事更相疑。

— 注释 —

* 藜:一年生草本植物,嫩叶可食。饷:送饭。菑(zī):初耕的田地。
* 习静:习养澄明静寂的心性。
* 争席:典出《列子·黄帝》。相传杨朱南下从老子学道,临去时旅舍主人恭敬地迎接他,旅客们都给他让座。学成归来后,旅客们却不再刻意谦让,而是与他争座位,说明杨朱已领悟了自然之道,与人相处融洽无间,不再拘泥于礼节。海鸥:典出《列子·黄帝》。相传有个住在海边的人,很喜欢海上的鸥鸟,每天与鸥鸟一起游玩。他父亲说:"既然鸥鸟与你这样亲近,你明天捉一只来给我把玩。"第二天,这人再去海边,鸥鸟却只远远飞舞,不肯靠近他了。

— 品读 —

苏轼《书摩诘蓝田烟雨图》说："味摩诘之诗，诗中有画；观摩诘之画，画中有诗。"王维的"漠漠水田飞白鹭，阴阴夏木啭黄鹂"，绝对是一联可以入画的图景。

夏季久雨，柴湿不易燃，农人好不容易做熟了饭，要拿去送给田地里劳作的亲人，这是质朴亲切的生活图景。而诗人在生活之外，提炼出了如诗如画的意境。广漠的水边，白鹭扑棱棱飞动；茂密的林间，黄鹂活泼泼鸣叫。有声有色，有动有静，鲜明可爱，扑面是一股清新的气息。

不可否认，诗人与真正的农人是有距离的。田园不是诗人生活的土壤，而是他栖息心灵的所在。他在他的世界里劳碌了、倦怠了，来到田间林下赏一枝山花，摘一根葵菜，让自己脱略名利侵扰和礼节束缚，感受一下没有机心、没有猜疑的轻松生活。

给心灵留一片栖息地，是诗人们必备的能力。

九月九日忆山东兄弟

独在异乡为异客,
每逢佳节倍思亲。
遥知兄弟登高处,
遍插茱萸少一人。

— 注释 —

＊茱萸:落叶小乔木,开小黄花。

— 品读 —

　　农历九月九日是重阳节,古人在这一天要登高远眺、插茱萸花。

　　佳节往往是亲友相聚的日子,但是诗人却远离了家乡,所以越是这样的日子,就越能勾起他的思乡之情。他可以想象到家乡的兄弟们一定已经登上高处,头上插了茱萸花,亲亲热热地谈笑,却唯独少了自己。这首诗文辞质朴,感情温厚,结构也很巧妙,前两句写游子思亲,后两句遥想家乡兄弟挂念自己,因"遍插茱萸少一人"而遗憾,愈见情意悠悠。

　　无论过去多少年,这样的诗句都能激起每一个天涯游子的共鸣。无论我们走到哪里,家乡和亲人永远会是心头的牵挂。团聚的日子应当珍惜,这样在我们有朝一日辞亲远游的时候,那些日子会是我们心间永不冷却的一团火热。

杂诗三首·其二

君自故乡来,应知故乡事。
来日绮窗前,寒梅著花未。

— 注释 —

*绮窗:装饰精美的窗户。著(zhuó)花:开花。著,同"着"。

— 品读 —

　　此为游子思乡之作。客中见故乡来人,油然而生亲近之意。更为急切的是,诗人想从故人口中得知故乡的近况。

　　故乡山川风物,酒朋诗侣,牵系于心的不一而足,想要了解的也千头万绪,诗人独独想起了窗前那一枝寒梅。微物关情,万千系念,尽于对这枝梅花的关注中含蓄道出。梅花丰神秀韵,这首小诗便也精神顿出,于随性质朴中勾勒出凛然君子骨。王维的五言小诗冲淡隽永,多得悠扬不尽之致。

　　"同乡"令人感到亲近,便是因为来自同一方水土的熟悉的乡音,还有关于故乡的共同的记忆。当你想到故乡的时候,你想到的是什么?是某个季节的花草,某个小店的美食,还是某个人、某句话?又是谁在他乡与你不期而遇,让你忽而想到心中某种深藏的牵挂?

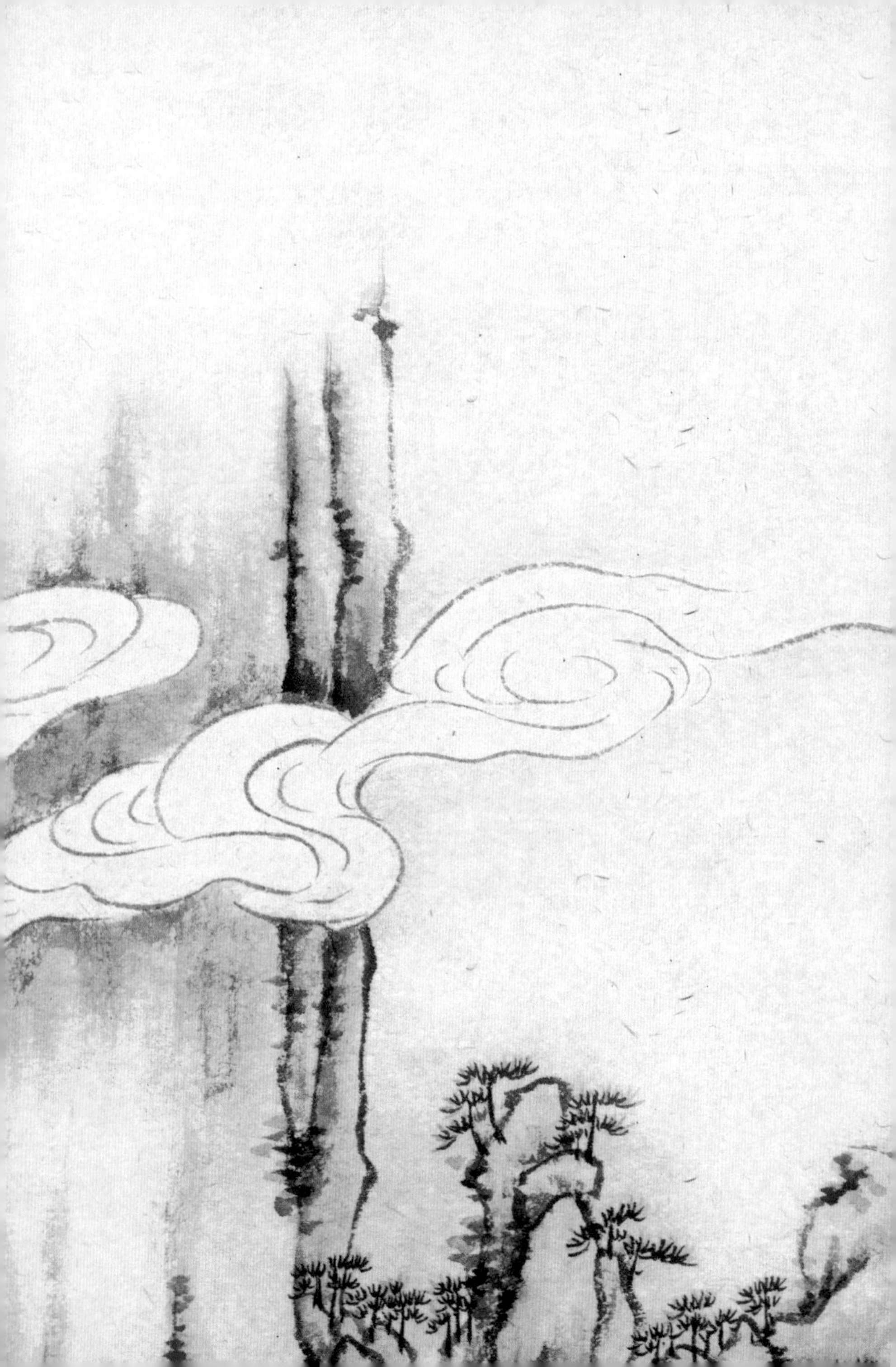

李白

(701—762)

字太白,自称祖籍陇西成纪(今甘肃秦安),先代于隋末流徙西域,后迁回广汉。少年时博览经史百家,喜纵横术,好击剑任侠。求仕长安,供奉翰林,因权贵谗毁,被玄宗"赐金放还"。李白与杜甫在唐代诗坛上双峰并峙,世称"李杜"。所作诗雄奇豪放,清新俊逸,乐府、绝句尤为杰出。

寄东鲁二稚子

吴地桑叶绿,吴蚕已三眠。
我家寄东鲁,谁种龟阴田。
春事已不及,江行复茫然。
南风吹归心,飞堕酒楼前。
楼东一株桃,枝叶拂青烟。
此树我所种,别来向三年。
桃今与楼齐,我行尚未旋。
娇女字平阳,折花倚桃边。
折花不见我,泪下如流泉。
小儿名伯禽,与姊亦齐肩。
双行桃树下,抚背复谁怜。
念此失次第,肝肠日忧煎。
裂素写远意,因之汶阳川。

— 注释 —

* 东鲁:今山东兖州、曲阜一带。

* 吴地:诗人当时在金陵,金陵古属吴国,故称。三眠:蚕蜕皮时不吃不动,第三次蜕皮称为"三眠",此时蚕已老。

*龟阴田：龟山之北的田地，龟山在兖州泗水县。

*旋：回，归。

*失次第：失去次序，指心情紊乱。

*裂素：撕裂白绢（用来写信）。汶阳川：汶水，在山东。

— 品读 —

李白是以一个浪子的形象出现在诗歌史上的，想到李白，我们总会想到明月与酒、山川与诗——一些远离人间烟火的意象。

可是浪子李白却在春日里想起了家中的一双小儿女，这种奇妙的反差让人莫名心动。

当然，思念儿女的李白也仍然是浪漫的。说思归，是"南风吹归心，飞堕酒楼前"，这是李白式的豪迈想象。酒楼前是他亲手种下的桃树，别来三年，桃树都有酒楼高了，那三年未见的孩子，又该成长为何等模样？

想象中，诗人仿佛看到女儿平阳折了桃花在树下徘徊，思念爹爹，泪如流泉；又看到幼子伯禽跟在姐姐身边，两个孩子行走在父亲种的桃树下，却没有父亲来怜惜爱抚。

一念及此，云端的仙人也不免变回思儿心切的父亲，李白忧心如焚，立刻就要写信寄回家中。

桃花树下娇柔的小儿女，成了李白春天的诗。

下终南山过斛斯山人宿置酒

暮从碧山下,山月随人归。
却顾所来径,苍苍横翠微。
相携及田家,童稚开荆扉。
绿竹入幽径,青萝拂行衣。
欢言得所憩,美酒聊共挥。
长歌吟松风,曲尽河星稀。
我醉君复乐,陶然共忘机。

— 注释 —

* 斛斯山人:斛斯,复姓;山人,隐者。
* 翠微:青翠的山色。
* 荆扉:柴门。
* 挥:《礼记·曲礼》:"饮玉爵者弗挥。"陆德明释文引何云:"振去余酒曰挥。"此指饮酒。
* 陶然:快乐闲适貌。忘机:与世无争,没有机巧心思。

— 品读 —

终南山是隐者的天堂,李白也曾在此隐居。

这一天,李白下山的时候过访了一位朋友——斛斯山人，两人欣然共饮，同谋一醉。

  整首诗画面感非常强，仿佛有一个镜头跟随着诗人的脚步，从草木苍翠的终南山缓步而下。他在山间小径上走了许久，月亮一直挂在天空，好像没有什么变化，可是回头去看来时的路，却已在深茂的草木中隐没了。

  再往前走就是斛斯山人的居所，正好可以歇歇脚，跟朋友一起喝几杯。

  这是一个美好的夜晚，他们在松风水月间饮酒唱歌，不知不觉星光暗淡，夜色已深。两个人兴致都很高，李白喝醉了，大概会在朋友家过上一夜——这又有什么关系呢？本来都是天机清妙之人，可以不拘俗礼，随性而为。

  李白与自然之间没有任何隔膜，他举头望月，觉得"山月随人归"，月亮在跟着他，他漫步林间，有"青萝拂行衣"，青萝在牵惹他的衣衫，风月草木都有生命，都是亲切的、可爱的。我们读完这首诗，脑海中会有一位青衫落拓的隐者，行走在碧色深浓的山径之上，想到前面等着他的是朋友和美酒，我们也不禁为他欣然一笑了。

陪族叔刑部侍郎晔及中书贾舍人至游洞庭五首·其二

南湖秋水夜无烟,耐可乘流直上天。
且就洞庭赊月色,将船买酒白云边。

— 注释 —

* 南湖:即洞庭湖,因在岳阳楼西南,故称。耐可:哪可,怎得。
* 将船:即乘船。将,拿、持。

— 品读 —

月色与酒在李白的诗中出现过多少次?多得数不清。但每一次,李白都会给我们带来惊喜。

李白的浪漫想象在这首短短的七绝中体现到了极致,湖光月色,酒意诗情,被他挥洒吞吐成一片锦绣。

一望无际的洞庭湖空明澄澈,是美而近于仙境的地方,放舟湖上,诗人不免生出遐想,仿佛可以顺着这浩渺清波直上天宫。好吧,李白承认上天只能是幻想。但他在人间制造出的境界岂非比天上更加神奇?

"且就洞庭赊月色,将船买酒白云边",酒徒见到这个"赊"字,定可会心一笑,而李白要借的是荡漾湖中的月光,借着这月色,乘船直到天边,在那里买酒痛饮。不要问天边如何可以买酒,世界在诗人眼中不可以常理推断。这一夜,洞庭秋水云影月色,已构成了一个属于李白的充满奇异诗情的天地。

行路难三首·其一

金樽清酒斗十千,玉盘珍羞直万钱。
停杯投箸不能食,拔剑四顾心茫然。
欲渡黄河冰塞川,将登太行雪满山。
闲来垂钓碧溪上,忽复乘舟梦日边。
行路难,行路难。多歧路,今安在。
长风破浪会有时,直挂云帆济沧海。

— 注释 —

* 珍羞:即"珍馐",珍美的菜肴。直:同"值"。
* 箸(zhù):筷子。
* "闲来"二句:相传姜太公遇到周文王之前曾在磻溪垂钓,伊尹未得商汤重用之前曾梦见自己乘船经过日月旁边。这里用来表示人生际遇之不可预测。
* 直:当即。济:渡过。

— 品读 —

　　有多少人被李白这句"长风破浪会有时,直挂云帆济沧海"鼓励过?这样有力量的诗句,是在什么样的情形下产生的呢?

李白初入长安，一怀抱负难以施展，理想遭遇打击，他感到茫然没有出路，面对着美酒佳肴都无法下咽。这种"上天无路，入地无门"的感觉在诗中表现得非常形象，"欲渡黄河冰塞川，将登太行雪满山"——我要走水路，黄河是千里冰封；我要走山路，太行是雪阻难行。

诗人想到古代贤君名臣的遇合，却不知自己何日可以得到那样的机会。人生的道路对他展现出艰难迷惘的一面，让他不由得感叹"行路难，行路难。多歧路，今安在"。

情绪酝酿至此，天性乐观豪迈的李白终于将这句绝唱喷薄而出：总有一天，我会乘长风破万里浪，横渡波涛汹涌的大海，到达人生的彼岸。

"长风破浪会有时，直挂云帆济沧海。"千载之下，无数失意的人、迷茫的人、走到人生岔路口的人，都会因这句诗襟怀顿爽，精神一振。

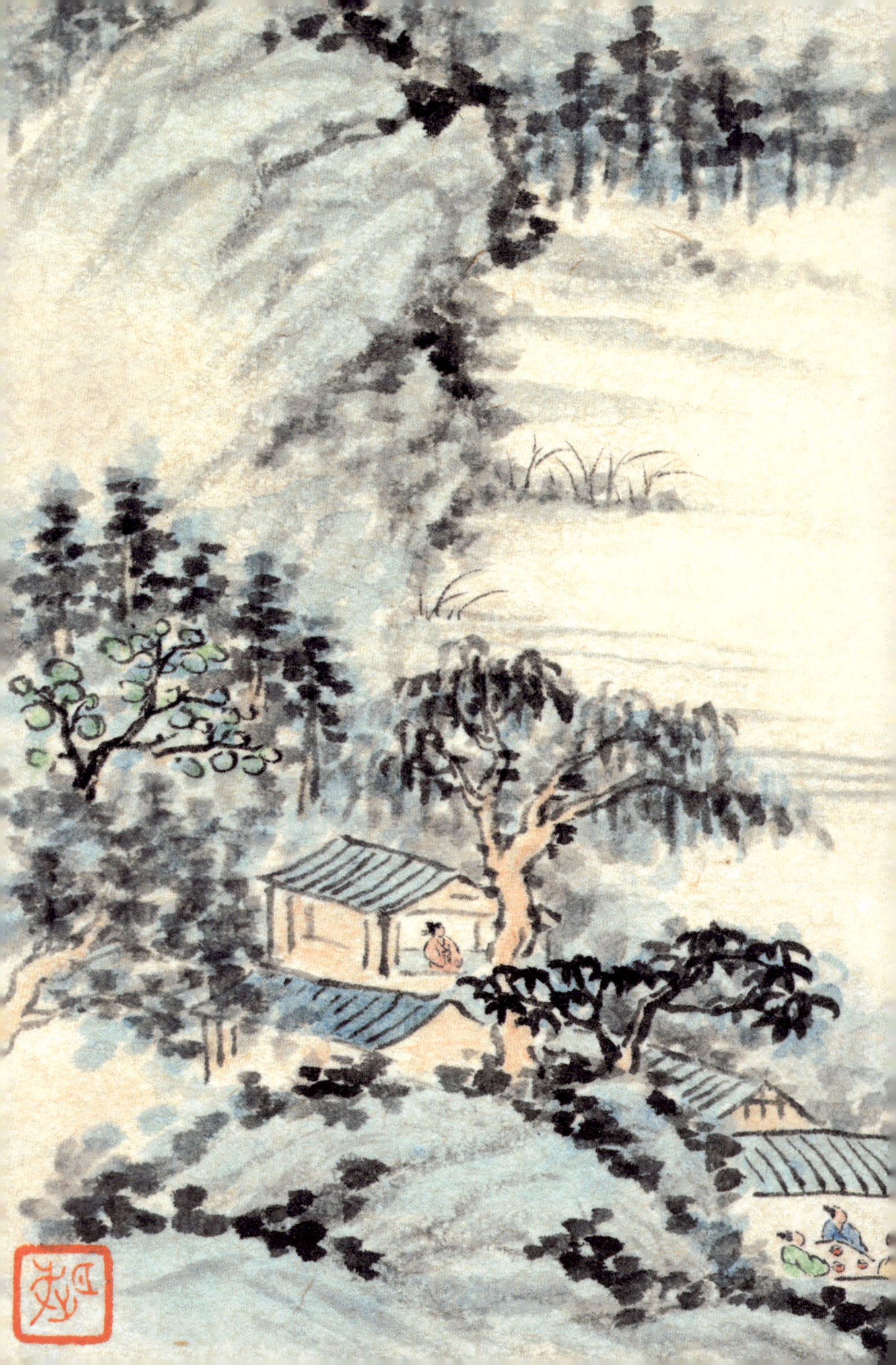

杜甫

(712—770)

字子美,原籍襄阳,曾祖时迁居河南巩县。官至检校工部员外郎,世称"杜工部"。杜甫为唐代最伟大之现实主义诗人,诗风沉郁顿挫,感情深挚,七律尤绝,被尊为"诗圣",对后世影响极为深远。

赠卫八处士

人生不相见,动如参与商。
今夕复何夕,共此灯烛光。
少壮能几时,鬓发各已苍。
访旧半为鬼,惊呼热中肠。
焉知二十载,重上君子堂。
昔别君未婚,儿女忽成行。
怡然敬父执,问我来何方。
问答未及已,儿女罗酒浆。
夜雨剪春韭,新炊间黄粱。
主称会面难,一举累十觞。
十觞亦不醉,感子故意长。
明日隔山岳,世事两茫茫。

— 注释 —

* 处士:隐居不仕的人。

* 参(shēn)与商:参星与商星,二星不会在天上同时出现,一出一没,永不相逢,形容人与人分隔不能相见。

* 父执:父亲的朋友。

＊新炊：刚煮熟的饭。间（jiàn）：掺和。黄粱：黄小米。
＊累（lěi）：连续。

— 品读 —

　　这首诗写的是杜甫与老朋友暌违多年后相见复又分别，诗的精髓，有些年纪的人更能体会到，因为诗中的情感是在漫长岁月中生发出来的。

　　杜甫生当乱离之世，经历了太多人事沧桑，不知有多少知交零落，这一天见到阔别已久的朋友，他心中一热，惊喜到难以置信。他与卫八处士实在分别太久了，当年相聚之时还是意气风发的青年，如今筋骨渐衰，鬓发斑白——自然也儿女成群。

　　我们学生时代的挚友多年后再度联系，谈话的内容不免由读书与理想转为儿女与生计，这句"昔别君未婚，儿女忽成行"实在蕴含着说不尽的岁月感慨。

　　他们的相聚愉悦而尽兴，朋友的儿女礼敬长辈，请诗人进门，又殷勤布置酒菜。家居并无珍贵肴馔，剪下自种的韭菜，煮上新鲜的米饭，是一种质朴的情意。酒逢知己千杯少，既然相见不易，更要多喝几杯，今日尽欢之后，明天又要各奔前程，再见却不知是何时了。

　　全诗纯任自然，得真挚深情之味，佳句可赏者，如"访旧半为鬼，惊呼热中肠"之痛切，"夜雨剪春韭，新炊间黄粱"之清新，不胜枚举，给人以丰富的审美体验。

江村

清江一曲抱村流,长夏江村事事幽。
自去自来堂上燕,相亲相近水中鸥。
老妻画纸为棋局,稚子敲针作钓钩。
但有故人供禄米,微躯此外更何求。

— 注释 —

* 清江:指成都浣花溪,杜甫晚年隐居于此。
* 禄米:古代用作官员俸禄的粟米,此处指钱粮。

— 品读 —

　　安史之乱以后,杜甫经历了漫长而艰苦的流浪生涯,他曾经缺衣少食,苦熬飘风冻雨,曾经间关千里,走过险峻的蜀道。最后来到成都,在故人严武的帮助下建起一座草堂,暂得安栖。这一时期的诗歌作品中,诗人极其难得地流露出悠闲安适之感。

　　在这个与世无争的小村子里,诗人得以与自然亲近。夏天日长无事,诗人看着梁上的燕子、江边的鸥鸟,就能消磨许多时光。跟妻子下一盘棋,看儿子钓一会儿鱼,享受天伦之乐。青年杜甫曾有"致君尧舜上"(杜甫《奉赠韦左丞丈二十二韵》)的理想,但此时,他觉得在朋友的帮助下能得一安身之所,便别无他求了。

  那个时代并没有给杜甫太多机会,成都隐居的清平岁月已经是命运为数不多的馈赠。如果我们按照年代的顺序从头到尾读一遍杜甫的诗,读到这些作品时,一定会为诗人松一口气——经历了那么多艰难苦恨,便在蜀中的山水间歇上一歇吧。

月夜忆舍弟

戍鼓断人行,边秋一雁声。
露从今夜白,月是故乡明。
有弟皆分散,无家问死生。
寄书长不达,况乃未休兵。

— 注释 —

* 舍弟:对自己弟弟的谦称。
* 戍鼓:边境军中的鼓声。

— 品读 —

　　杜甫在清秋白露之夜思念弟弟,写下了这首五言律诗。

　　战争阻断了人与人之间正常的往来,边塞鼓声阵阵,雁鸣凄清,首联便营造出一种沉郁感伤的气氛。

　　"露从今夜白,月是故乡明"对仗极为巧妙,了无痕迹。今夜白露,本是自然的节气变迁,但"露从今夜白"便诗意盎然,这一"从"字更流露出光阴流转的消息。明月照九州,可在素有乡土情结的中国人眼中,无疑是家乡的月亮更明朗可爱。"月是故乡明",

那一轮故乡的明月，千年百年，照在离家游子的心头。

战乱中，杜甫的亲人们分散各处，他早与家人断了联系，想念弟弟，却连对方的生死都打听不到。书信不用说是难以传递的，音信不通本就令人担忧，兵连祸结的年代，这种担忧更添了无数不祥的可能。

这个清寂孤凄的秋天，明月白露，凝成诗人心上的一片冷光。

悲陈陶

孟冬十郡良家子,血作陈陶泽中水。
野旷天清无战声,四万义军同日死。
群胡归来雪洗箭,仍唱胡歌饮都市。
都人回面向北啼,日夜更望官军至。

— 注释 —

* 陈陶:地名,在今陕西咸阳市东。
* 孟冬:冬季的第一个月。良家子:良民之子,此处指唐军将士。

— 品读 —

　　这是一个令人绝望的冬天。唐肃宗至德元载(756),房琯领军讨安禄山,大败于陈陶,将士战死者数万。这首诗的前四句,写的便是这样一个残酷现实。这四句诗,字字有千钧之力,把一个本就惨烈的场景以更为惨烈的形式呈现在读者眼前。

　　义军由长安附近的良家子弟组成,他们是母亲的儿子,是孩子的父亲,是千千万万为保卫家园而战的热血男儿,在这一天死于敌军的铁蹄之下。战场尸骸遍布,天地之间一片死寂,那些鲜活的生命,都在森冷的寒意中化作血水。

敌人占领了长安,饮酒放歌,肆意玩乐,都城旧民日夜啼哭,盼望官军来救。这是废墟与尘埃之上的血泪,令人不忍卒睹。战乱下苦难的同胞,是杜甫一生挥之不去的心头之痛。

杜甫有一双善于看到苦难的眼睛,唐军这一场败仗,被诗圣的笔镌刻在青史之上,触目惊心。记录一个时代的苦难,以热忱的心和现实的笔为苦难一哭,悲天悯人,是杜甫为"圣"的原因。而杜甫最为伟大之处,就在于自己身处苦难之中,还能看到他人的苦难,不忧一己之苦,心念广厦千间。

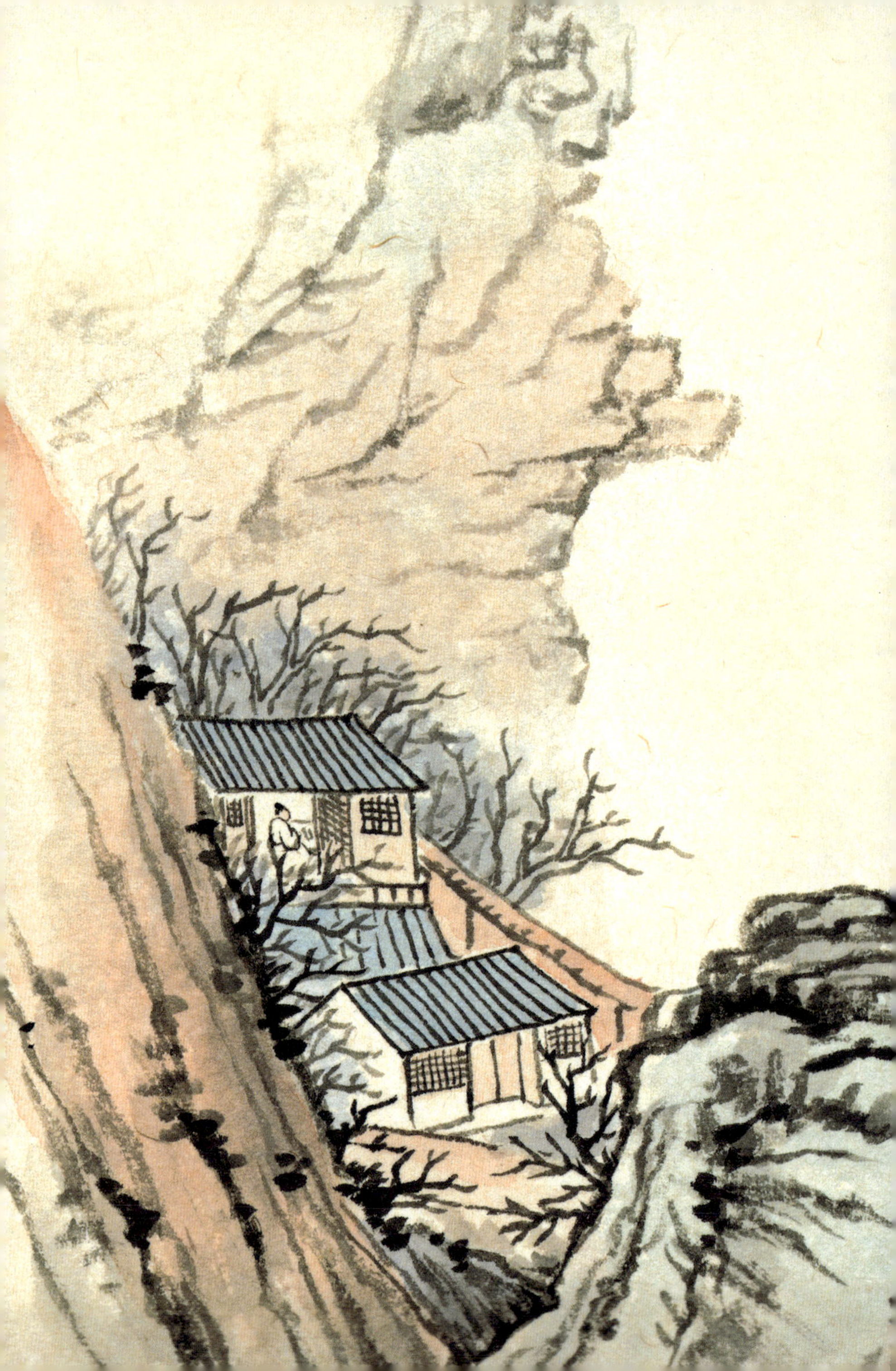

白居易

(772—846)

字乐天,晚号香山居士、醉吟先生,祖籍太原(今属山西),后迁居下邽(今陕西渭南)。唐贞元十六年(800)登进士第,以刑部尚书致仕,谥"文",世称"白傅"或"白文公"。自分其诗为讽喻、闲适、感伤、杂律四类,总体风格以通俗浅易、老妪能解著称。其诗流传广泛,影响深远。

醉中见微之旧诗有感

今朝何事一沾襟,检得君诗醉后吟。
老泪交流风病眼,春情摇动酒悲心。
银钩尘覆年年暗,玉树泥埋日日深。
闻道墓松高一丈,更无消息到如今。

— 注释 —

* 微之:元稹字微之,白居易好友。

* 银钩:形容书法婉媚遒劲,此指元稹的遗墨。玉树泥埋:《世说新语·伤逝》:"庾文康亡,何扬州临葬云:'埋玉树箸(同"著")土中,使人情何能已已。'"此指元稹逝世已久。

— 品读 —

　　这首诗作于唐文宗大和九年(835)的春天,这一天,六十三岁高龄的白居易翻检故友元稹留下的诗卷,借着酒意,泪落沾襟。

　　白居易和元稹同年登科,经历过春风得意,经历过宦海沉浮,他们交谊很深,唱和无数。如今白居易已经年老衰病,眼睛见风就要流泪,但是他的心却并未随着衰老而麻木,仍然会被故友遗墨牵连着的深厚感情轻易触动。

让我们以大和九年为时间轴上的一点，寻绎元稹的死亡在白居易这里留下的墨迹与泪痕。

大和五年（831），元稹逝世，白居易悲痛不已，"哭送咸阳北原上，可能随例作灰尘"（《哭微之二首》其二），白居易意识到，死亡的残酷就在于，无论逝去的那个人与你有多深的情谊，他死了，也不过和旁人一样化作灰尘。

大和六年（832），白居易为元稹写挽歌，"苍苍露草咸阳垄，此是千秋第一秋"（《元相公挽歌词三首》其二）。这是元稹离开以后的第一年，以后千秋万代，世上再没有这个人了。一种巨大的空茫与孤寂扑面而来，时光从故人逝去的那一刻开始被无限拉长。

一年又一年，"银钩尘覆年年暗，玉树泥埋日日深"，故人手迹一天天暗淡，故人消息一天天遥远，只有坟前的松树渐渐长高，无声地见证着光阴流逝。

开成五年（840），距离元稹去世已经过去整整八年，白居易数得清清楚楚——"咸阳宿草八回秋"（《梦微之》）。白居易又一次梦到元稹，"夜来携手梦同游，晨起盈巾泪莫收"，眼泪擦也擦不干。他在诗中写下刻骨的思念与悲哀，"君埋泉下泥销骨，我寄人间雪满头"。

了解了他们之间深厚的友谊，我们会更加明白，为什么在这个春天，白居易会被一卷旧诗触动了愁肠泪眼。

采莲曲

菱叶萦波荷飐风,
荷花深处小船通。
逢郎欲语低头笑,
碧玉搔头落水中。

— 注释 —

＊菱：水生草本植物，果实可食。飐（zhǎn）：风吹摇动的样子。

＊搔头：簪子。

— 品读 —

　　这是一首写江南采莲女生活的小诗，画面清新明快，情意生动可爱。

　　夏日的水塘中，菱叶贴着水面而生，随绿波而动。荷花亭亭玉立，高挑的花茎随风轻摆，摇曳生姿。荷花深处是采莲少女的小船，少女划船遇到了爱恋的少年郎，开口想打个招呼，却忽然羞怯起来，低头一笑，便在低头的时候，她头上的玉簪落入了水中。

　　这是一个非常可爱的场景，捕捉了采莲少女心动的一刹那。我们仿佛可以透过诗中的画面想象到她欲语还休低头莞尔的样子,脸上的红晕比周围的荷花还美,而如云乌发间滑落的玉簪,入水时的轻响和荡开的一圈圈涟漪,恰似少女悸动的心房。

有道是"关心则乱",即便是平常落落大方口若悬河的人,遇到真正在意的人也可能紧张得说不出话。白居易这句"逢郎欲语低头笑",可以说把这种心态描摹到了极致。

夜雨

我有所念人,隔在远远乡。
我有所感事,结在深深肠。
乡远去不得,无日不瞻望。
肠深解不得,无夕不思量。
况此残灯夜,独宿在空堂。
秋天殊未晓,风雨正苍苍。
不学头陀法,前心安可忘。

— 注释 —

* 瞻望:往远处看。

* 苍苍:大的样子。

* 头陀:苦行僧。

— 品读 —

  白居易的诗有一种恳切的力量,在这里更是摈弃了所有浮华辞藻,以最质朴的语言描述自己心中的情感:我思念的人在遥远的故乡,我不得归去,只能日复一日地遥望,这种情意让我柔肠百结,难以化解,每一个夜晚都挥之不去。

思念本来是一种情绪上的体验，但"结在深深肠"这句诗给人以感官上的触动——那是切肤之痛。

到"况此残灯夜"一句，才开始呼应题目"夜雨"。原来夜雨是这种刻骨相思的底色，在这样一个风雨交加的秋夜，诗人独宿空房，屋外是凄冷彻骨的茫茫天地，屋内是形单影只的茕茕一人。相传此诗乃白居易为家乡的恋人所作，如此深刻的悲哀和绝望，即便我们不知道诗人具体所念何人，所感何事，也完全能被诗中深重的情意打动。

结尾二句从字面上看，诗人以佛法化解了心结，其实这不过是郁结到极处的一种无可奈何的寄托，事实上长夜风雨不止，"前心"正不能忘。

问刘十九

绿蚁新醅酒，
红泥小火炉。
晚来天欲雪，
能饮一杯无。

— 注释 —

* 绿蚁：新酿的酒没过滤时浮起细小酒渣，色微绿，故名"绿蚁"。醅（pēi）：没过滤的酒。
* 垆：同"炉"。

— 品读 —

寒冷的冬日，天色阴沉欲雪，大地即将陷入冰冷与黑暗，此时此刻，你最渴望的是什么？

诗人准备了新酿的酒水，点燃了融融的炉火，向朋友发出邀请：天晚了，马上就要下雪，愿意来我这里喝一杯吗？

即便真的下起了雪，有着绿酒红炉的屋子里也是温暖惬意，何况还有朋友可以一起喝酒谈天。诗人以此佳境相邀，朋友想必欣然愿往——谁能在这样的天气里拒绝朋友与酒呢?

  小诗措辞平淡,妙在安排得当,情境令人向往。诗句短小,言有尽而意无穷,这句简简单单的邀请背后,乃是诗人对朋友的深情厚谊。虽然没有下文,但我们可以想象到那个围炉对饮的画面,屋外越是冰天雪地、寒风呼啸,屋内的美酒与火炉就越是令人沉醉。

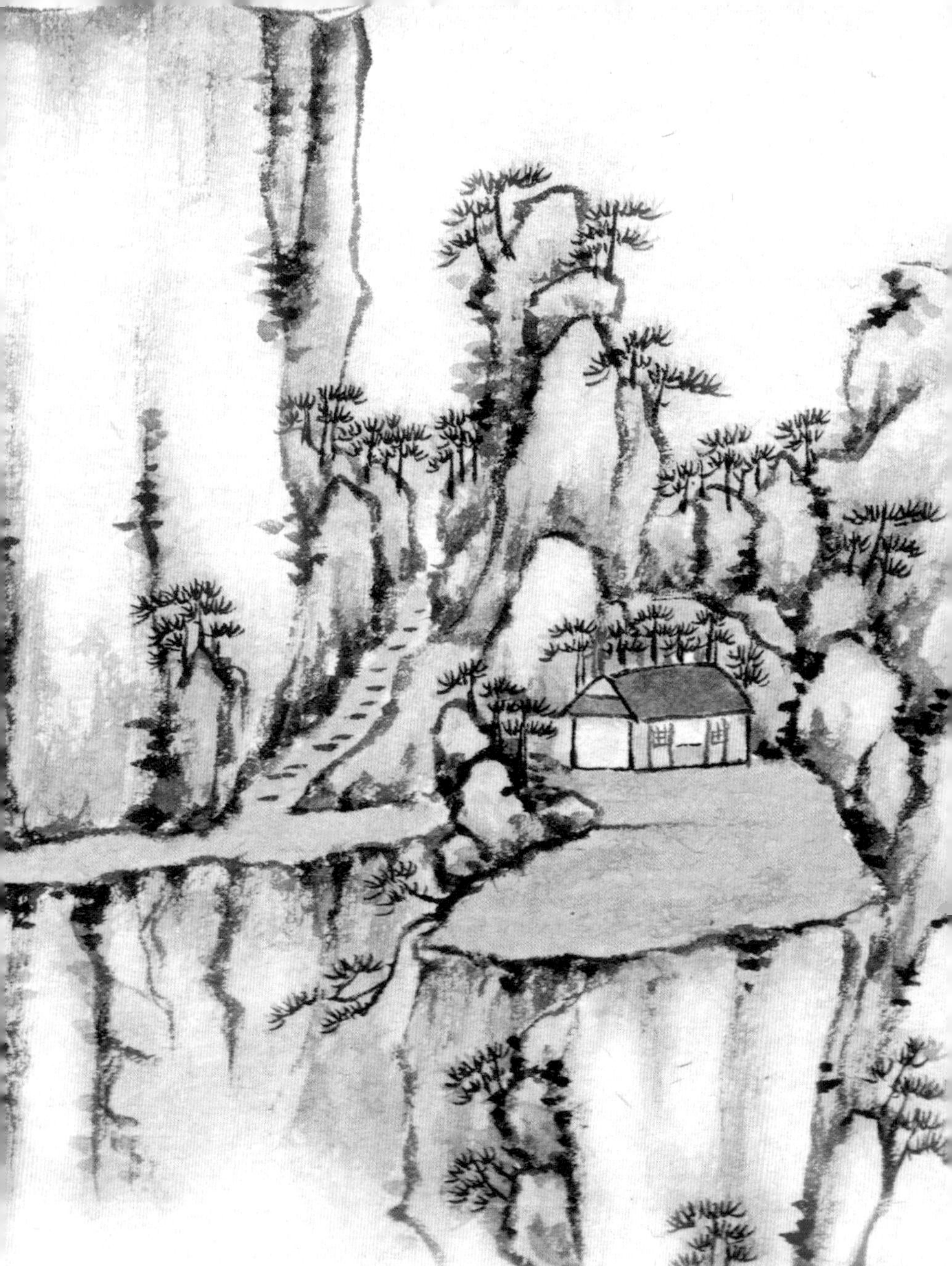

李贺

(790—816)

字长吉,河南福昌(今河南宜阳)人,父李晋肃官职低微,家境清寒,因避父讳("晋"与"进"同音)未能应考进士,郁郁不得志,二十七岁英年早逝。其诗构思新颖,想象丰富,意境瑰丽而浓郁,善用比兴,有极强的感染力。因其诗中多言神仙鬼怪之事,有"诗鬼"之称。

浩歌

南风吹山作平地,帝遣天吴移海水。
王母桃花千遍红,彭祖巫咸几回死。
青毛骢马参差钱,娇春杨柳含细烟。
筝人劝我金屈卮,神血未凝身问谁。
不须浪饮丁都护,世上英雄本无主。
买丝绣作平原君,有酒唯浇赵州土。
漏催水咽玉蟾蜍,卫娘发薄不胜梳。
看见秋眉换新绿,二十男儿那刺促。

— 注释 —

* 天吴:传说中的水神。

* "王母"句:传说王母仙桃三千年一开花,三千年一结果。彭祖:殷大夫,相传活了八百余岁。巫咸:帝尧时的神巫。

* 骢(cōng)马:青白色相间的马。

* 筝人:弹筝的乐人。金屈卮(zhī):一种酒器。神血未凝:指人的精神血脉不能凝聚长生于世上。

* 丁都护:乐府中有《丁都护》之曲,其声哀切。

* "买丝"二句:战国时期赵国的平原君赵胜礼贤下士,深可敬慕,此二句谓平原君已不在,唯有绣他的形象供奉、在他的坟前酹酒凭吊。

＊玉蟾蜍：漏壶下用来盛水的容器，雕成蟾蜍形。卫娘：汉武帝皇后卫子夫，相传因秀发美丽而得宠。

＊秋眉：因衰老而稀疏的眉毛。换新绿：指画眉，唐人用青黛画眉，故称。刺促：劳碌，急迫。

— 品读 —

诗的前四句写沧海桑田、人世变换，不知几千万年，多用神话传说，境界浪漫瑰奇。继而写到自己骑马游春、听歌饮酒，李贺体弱多病，常有忧生之嗟，故年纪轻轻便有"神血未凝身问谁"之叹。

时光荏苒、天地无情，我能在天地间存在多久？我死了身归何处？我活着又能有什么作为？这是李贺一生苦苦思索、苦苦追问的难题。

他希望能够得到赏识，有一番作为，但当世并无平原君那样的人可以慧眼识英雄，于是他只能眼睁睁看着自己身体日渐衰弱，局促不安。

"娇春杨柳含细烟"，这是何等旖旎的春光，李贺写下这首诗的时候不过才二十岁，正是最好的年华，可见一个人的心态与年龄往往并不相称，一个理想受到压抑的人，即便年轻，心态也是衰朽的。

哪怕是身强体健之人，一生中能有所作为的时间也不过短短几十年，犹如宇宙中的一粒尘埃。如何度过这短暂而珍贵的一生，也是每个人应该好好追问自己的问题。

新夏歌

晓木千笼真蜡彩,落蕊枯香数分在。
阴枝拳芽卷缥茸,长风回气扶葱茏。
野家麦畦上新垄,长畛徘徊桑柘重。
刺香满地菖蒲草,雨梁燕语悲身老。
三月摇扬入河道,天浓地浓柳梳扫。

— 注释 —

* 千笼:形容夏天树木繁多、枝叶浓密。蜡彩:形容树叶光明鲜丽。
* 阴枝:阳光照不到的树枝。拳芽:蜷曲未舒展的小芽,不得阳光处树木生长慢,故尚有新芽。缥(piǎo)茸:指嫩芽上的绿茸毛。缥,淡青色。
* 野家:郊野人家。垄:田间高地。畛(zhěn):田间小路。
* 刺香:菖蒲叶尖如刺,有香气。
* 摇扬:摇曳飞扬。天浓地浓:指漫天漫地。

— 品读 —

　　李贺写诗非常用功,常常背着一个锦囊出门,一有诗思就写下来投入锦囊中,晚上回家再结撰成篇,几乎日日如此，可谓呕心沥血。

如此苦思之下，他的诗果然具有极强的表现力。这首《新夏歌》写初夏风光，处处可见炼字造境之妙。他状物精当，形容夏天绿意灼人的叶片为"蜡彩"，光明鲜丽之状如在目前。他观察细致，注意到背阴的地方植物生长慢，看到新芽上绿茸茸的细毛。他善于描摹：写麦苗茂盛，不仅长在田里，还长在田间高地上；写菖蒲草，抓住"刺"和"香"两个特点，调动读者的感官；写树木葱茏，桑树与柘树是枝叶纷披，行人走在路上都会受到阻碍徘徊不进，柳树的枝条摇曳飞扬，仿佛要从岸边伸到河里，甚至于漫天漫地都被柳枝梳扫。

夏日草木之盛，在这首诗里得到了极致的形容。

夏天是生命力旺盛的季节，可诗人感慨的仍是"雨梁燕语悲身老"。叹老悲穷，是李贺生命的主旋律，一个人生命的主旋律，便是诗的主旋律了。

梦天

老兔寒蟾泣天色,云楼半开壁斜白。
玉轮轧露湿团光,鸾珮相逢桂香陌。
黄尘清水三山下,更变千年如走马。
遥望齐州九点烟,一泓海水杯中泻。

— 注释 —

＊老兔、寒蟾:指月亮。相传月中有白兔、蟾蜍。云楼:云层如高耸的楼阁。

＊玉轮:月亮。鸾珮:指戴有鸾凤玉佩的仙女。珮,同"佩"。

＊黄尘:指陆地。清水:指沧海。三山:相传海上有蓬莱、方丈、瀛洲三仙山。

＊齐州:中州,即中国。

— 品读 —

　　这首诗描绘了光怪陆离的梦境,诗人梦游月宫,只可远观的月亮仿佛就在近旁。在梦里,神仙世界染上了极为强烈的主观色彩。白兔、蟾蜍都是月亮的代称,诗人称之为"老兔""寒蟾",再加一"泣"字,月亮明朗的感觉顿时消失,变得衰飒、阴沉。清冷的白光斜照在云楼上,同样并无明亮之感,只有迷蒙之状。

月亮周围有蒙蒙的水汽，仿佛玉轮轧过露水，比喻形象而新奇。便是在这样湿冷凄清的环境中，诗人邂逅了月宫中的仙女。

从天上回望人间，视觉感受与身处其间完全不同。沧海桑田，人世间漫长的演变在仙人眼中不过是过眼云烟，快如走马。俯视大地，天下九州犹如九点模糊的影子，无边无际的沧海犹如打翻了一杯水。

李贺在现实中不如意，诗中多想象神仙境界。正是因为这种不如意，让他的思想跳出人间冷眼观世，才有了如此浪漫瑰奇的体验。

致酒行

零落栖迟一杯酒,主人奉觞客长寿。
主父西游困不归,家人折断门前柳。
吾闻马周昔作新丰客,天荒地老无人识。
空将笺上两行书,直犯龙颜请恩泽。
我有迷魂招不得,雄鸡一声天下白。
少年心事当拏云,谁念幽寒坐呜呃。

— 注释 —

* 栖迟:失意漂泊。

* 主父:汉朝的主父偃西入长安,久经困顿,后来上书汉武帝,终于得到赏识,官至齐相。

* 马周:唐人,微时曾遭到新丰旅店主人的轻慢,后来通过中郎将常何上书,得唐太宗激赏,令直门下省,授监察御史。

* 拏(ná)云:凌云。呜呃:悲叹。

— 品读 —

　　此诗乃李贺冬至日在长安作,从题目看,是一首饮酒时的劝酒歌,抒发了怀才不遇渴望一鸣惊人的心情,一气呵成,情感喷薄爽利。

诗人流寓长安,才华抱负不得施展,正是满腹牢骚,端起酒杯匆匆与主人客套几句,接下来便是喷涌而出的心事。

主父偃与马周都是先寒微而后显贵,诗人对那种无人问津的处境感同身受,所以他说主父偃困顿西游的时候是"家人折断门前柳",家人攀柳望归乃至柳枝被折断,极言其时间之久。说马周客居新丰的时候是"天荒地老无人识",前途一片渺茫,仿佛永无出头之日。寒微时候的主父偃、马周,便是诗人自己的化身,实乃借古人自浇胸中块垒。

结尾几句以激烈的口吻表达了渴望展示自己、得到赏识的心情。少年有凌云壮志,却困顿于黑暗看不到前途。他渴望得到一个机会,让君主了解自己的才华,不惜"直犯龙颜",从此以后如雄鸡啼破长夜,未来一片光明。这一段少年心事写得极有感染力,每一个怀抱梦想又难以实现的年轻人看到"少年心事当拏云",都会被激起一腔热血。

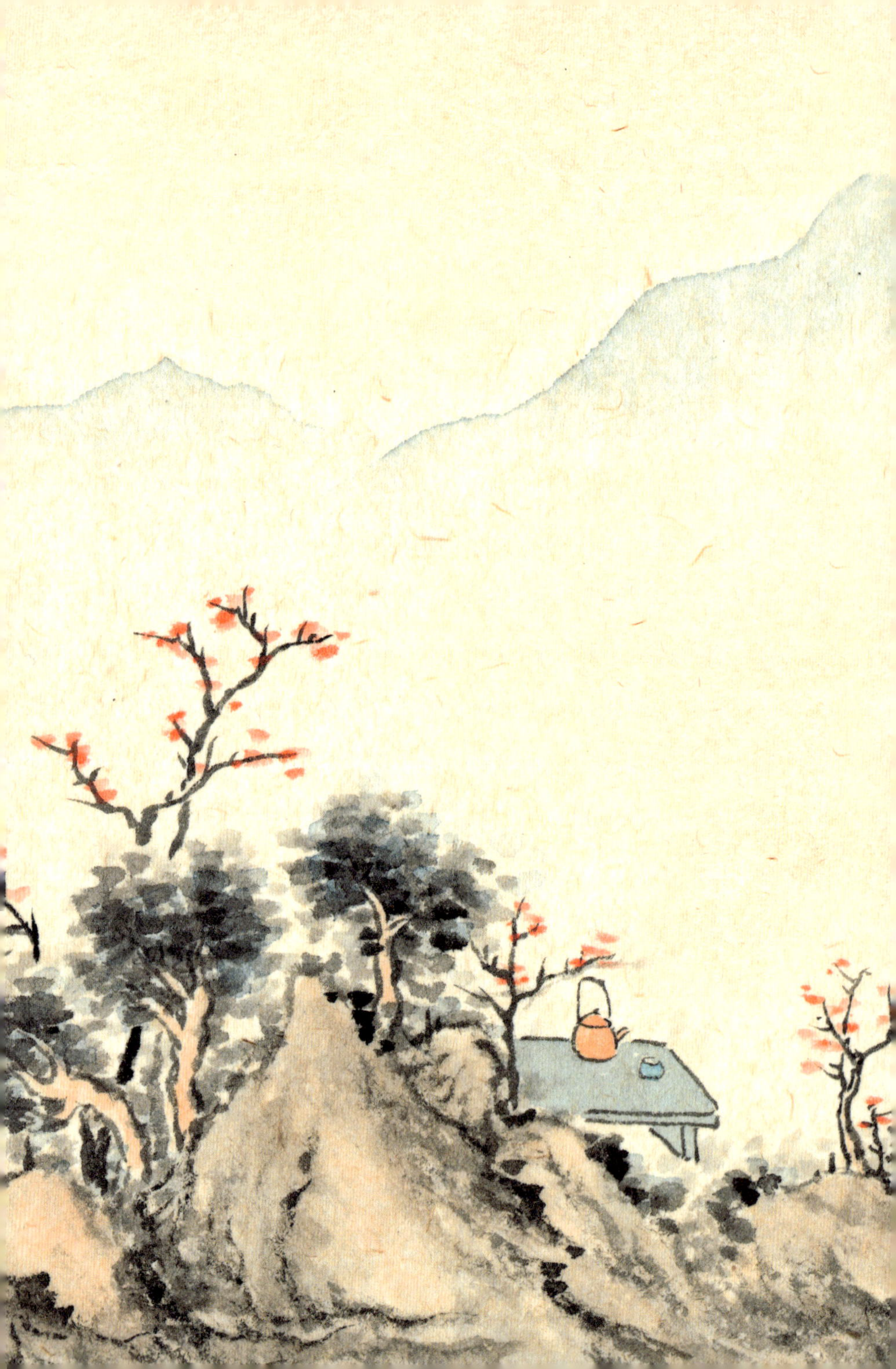

薛涛

(？—832)

字洪度,长安(今陕西西安)人。年幼时随父入蜀,后入乐籍。薛涛能诗善书,历事十一镇,曾在剑南西川节度使韦皋幕下赋诗侑酒、处理公文,时称女校书。与当时名士元稹、刘禹锡等人有诗唱和。晚年居浣花溪上,着女冠服。自制深红色小笺写诗,人称"薛涛笺"。她的诗以赠答唱酬、抒情咏物为主,赠人之作多气度磊落,口吻得体,送别之作情深意厚,咏物之作亦生动可观。有《锦江集》五卷,已佚。《全唐诗》存其诗一卷。

柳絮

二月杨花轻复微，
春风摇荡惹人衣。
他家本是无情物，
一向南飞又北飞。

— 注释 —

* 杨花：即柳絮。
* 他家：即他，"家"是人称的语尾。

— 品读 —

　　此诗咏柳絮，体物极细。前两句言柳絮微小轻飘，在春风中摇摇荡荡，牵惹行人的衣裳。后两句道出柳絮的不由自主，它牵惹行人，不是因为多情缱绻，不过是因为春风把它吹到了这里。春风之于柳絮，就像不可控制的命运之于薛涛。柳絮的形象恰如诗人自身。《红楼梦》里的林黛玉咏柳絮云"飘泊亦如人命薄"，和薛涛诗意相同。

　　薛涛本是良家女，父亲早亡，母亲孀居，她沦为官妓。在蜀中，她出入幕府，历事十一镇。她在韦皋幕下长袖善舞,以诗才受知,博得"女校书"的美号,又与当时的诸多名士唱和往来。这种风流光鲜并不能带给她安全感,她清楚地知道自己得以立身完全依靠那些大人先生的青眼。这首诗正是她辛酸无奈的自况。

在中国的历史上,说到"才女",薛涛的名字一定不会缺席。可惜的是在那样一个世界里,才华并不能令她更有尊严,只不过令她更多了些被攀折赏玩的"价值",思之令人心酸。

池上双鸟

双栖绿池上,
朝去暮飞还。
更忆将雏日,
同心莲叶间。

— 注释 —

* 将雏:母鸟携带幼鸟。

— 品读 —

  这首诗写的是池塘间一对双宿双飞的水鸟,写得温柔美好,令人心生向往。这对鸟儿栖息在绿水之上,早晨一同飞出,傍晚一同飞还,母鸟亲昵地带着幼鸟,更是温暖亲切。它们朝朝暮暮、两心如一,在水塘的荷叶间生活。这样的生活无疑是薛涛所向往的。
  据说薛涛四十多岁的时候,与小她很多岁的诗人元稹发生过一段恋情。元稹非常倾慕薛涛,他在诗中盛赞薛涛的才华,毫不掩饰地表现他对薛涛的思念。其《寄赠薛涛》诗有这样两句:"别后相思隔烟水,菖蒲花发五云高。"薛涛喜欢在居所周围种上菖蒲,菖蒲作为道教的修仙灵药，完美地衬托出薛涛超凡脱俗的气质。元稹的思念，就隔着万重烟水遥遥飘向薛涛门前茂盛的菖蒲。

薛涛对元稹是动了真情的，已经过了不惑之年的她，可以说是见惯风尘，居然还动了与元稹双宿双飞的念头。这首《池上双鸟》相传便是为元稹所作。

可惜元稹离开蜀地以后，并没能与薛涛再会。以薛涛的官妓身份，倾慕爱恋她的人很多，那些爱慕者可以与薛涛发生一段情缘，却没有谁能真正娶她做妻子。寻常人两心相许、结为夫妻、生儿育女的幸福，对薛涛来说只能是遥不可及的幻想。

赠远二首·其一

芙蓉新落蜀山秋,
锦字开缄到是愁。
闺阁不知戎马事,
月高还上望夫楼。

— 注释 —

＊锦字：前秦窦滔妻苏蕙在锦缎上绣回文诗寄给丈夫表达相思之意，此处指信上的字。缄（jiān）：书信。

— 品读 —

　　此乃征夫思妇之辞。开头写蜀中风物，"芙蓉新落蜀山秋"，花落虽是衰飒之事，"新落"之"新"却给人一股爽气。在此芙蓉花落的秋季，思妇寄书给远方的良人。第二句使用了苏蕙织锦璇玑图诗的典故，写思妇遥想自己的书信寄到以后，一字一行都是相思之愁。后二句说思妇不懂边关战事，只知道夜晚凭高远望，思念远方的良人，"闺阁不知戎马事，月高还上望夫楼"，写得自然妥帖。

　　《赠远》二首相传为寄元稹之作，虽然没有明确的本事，但第二首中的"扰弱新蒲叶又齐，春深花落塞前溪"与元稹的"菖蒲花发五云高"颇有呼应之意。第一首写秋景，第二首写春景，将两首合而观之，我们可以从中感受到时间的变化，从新秋到初春，从初春到春尽，花落花开，花开花落，蔓延在无情时光之中的相思之意愈加清晰动人。

　　薛涛的诗有一种英气，虽写相思，不堕唐诗风骨。

酬辛员外折花见遗

青鸟东飞正落梅，
衔花满口下瑶台。
一枝为授殷勤意，
把向风前旋旋开。

— 注释 —

* 遗（wèi）：给予，馈赠。
* 青鸟：传说中替西王母传信的神鸟，此处指送花的使者。
* 旋旋：缓缓。

— 品读 —

在薛涛身上，总能看到一种活泼泼的生命力，著名的薛涛笺，便是这种生命力的体现。她好写小诗，当时的纸张尺幅太大，她便别出心裁地制作了一种适合写诗的小笺，并染成娇艳的桃红色。浪漫美丽，风靡一时。

有一天，一个姓辛的官员派人送给薛涛一枝梅花，薛涛写了这首诗酬答。

这首诗没有什么深意，就是答谢别人送了她一枝花，但写得非常美。青鸟衔花下瑶台，把送花这件小事形容得仙气飘飘。"把向风前旋旋开",竟让人在文字中看到一朵花在风中缓缓绽放的样子,生气盎然。

离树的花枝本来已经没有生命了,但它在薛涛手中还要"旋旋开"。这句诗在无意间流露出一种作者自身所禀赋的生命意识:哪怕是无源之水、无本之木,也要在能美丽的时候尽情美丽。就像薛宝钗咏柳絮,偏要说"好风凭借力,送我上青云":我知道柳絮是命不自主、身不由己,一时上了青云,终不免落下来,随水归尘,但既然有机会随风而上,就好好看一看高处的风景。

多么像在辛酸悲苦中也能找到乐趣的薛涛。

遥想薛涛以她的红色小笺书写这首诗的样子,真是无限风流。只不知那位辛员外是真正能欣赏薛涛的风流呢,还是仅仅把它当作一件可资炫耀的雅事?

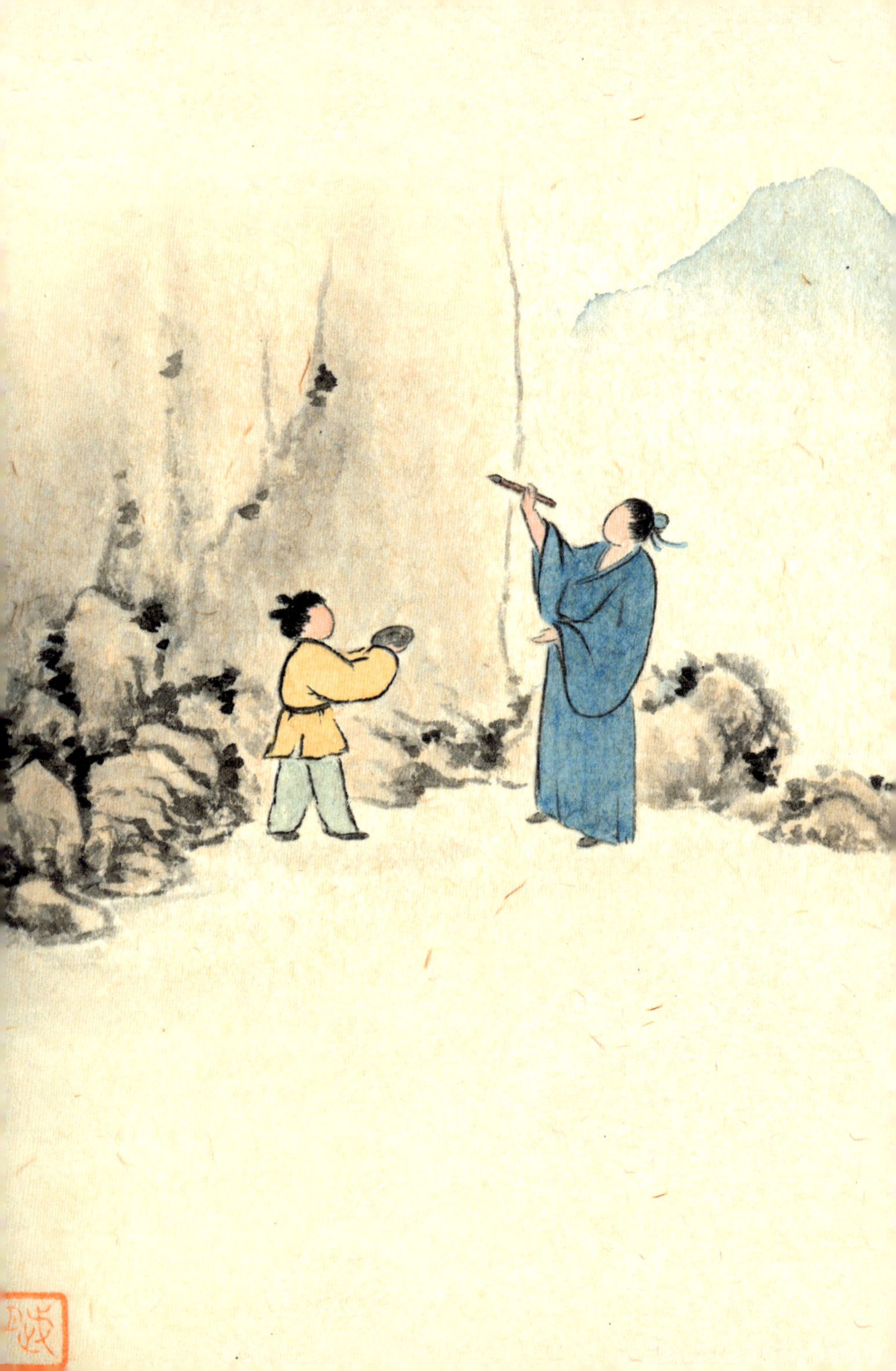

李商隐

(813—858)

字义山,号玉谿生,怀州河内(今河南沁阳)人。唐文宗开成二年(837)登进士第,因陷入牛李党争,终生仕途坎坷。李商隐为晚唐著名诗人,与杜牧齐名,人称"小李杜"。其诗精于用典,色彩瑰丽,寄托遥深。

锦瑟

锦瑟无端五十弦,一弦一柱思华年。
庄生晓梦迷蝴蝶,望帝春心托杜鹃。
沧海月明珠有泪,蓝田日暖玉生烟。
此情可待成追忆,只是当时已惘然。

— 注释 —

* 锦瑟:装饰华美的瑟。瑟为弦乐器,以木柱系弦。无端:没有由来。五十弦:《汉书·郊祀志》:"泰帝使素女鼓五十弦瑟,悲,帝禁不止,故破其瑟为二十五弦。"

* "庄生"句:《庄子·齐物论》载:"昔者庄周梦为胡蝶,栩栩然胡蝶也。""望帝"句:《寰宇记》载:"蜀王杜宇,号望帝,后因禅位,自亡去,化为子规。"子规即杜鹃,鸣声哀怨。

* 珠有泪:《博物志》载:"南海外有鲛人,水居如鱼,不废绩织。其眼泣则能出珠。"蓝田:《长安志》载:"蓝田山在长安县东南三十里,其山产玉,亦名玉山。"玉生烟:《困学纪闻》卷一八载:"司空表圣云:'戴容州叔伦谓诗家之景,如蓝田日暖,良玉生烟,可望而不可置于眉睫之前也。'"

* 可待:岂待。

— 品读 —

李商隐的很多作品的本事难以索解,这首《锦瑟》更是令人目眩,历来有"一篇《锦瑟》解人难"(王士禛《戏仿元遗山论诗绝句》)之说。我们在此不做过多的推测,只从意象和典故中感受诗中所传达的情绪。

开头的"无端"二字,已流露出一些怅惘疑惑之意。锦瑟为什么有五十根弦呢?一弦一柱都让人想到一年一年逝去的青春。在此情感基调之上,我们来看颔联和颈联罗列的典故。

四句诗,分别写到了庄周梦蝶、望帝啼鹃、明珠有泪、良玉生烟。每一种意境都在极美之中蕴有极哀:梦为蝴蝶是浪漫美丽的,可既然是"晓梦",那么梦醒就在眼前。春天是发荣滋长的季节,可春去令人伤情,就像那声声泣血的杜宇,他在悲哀什么,呼唤什么?明月朗照海面,明珠与朗月争辉,这是何等光明灿烂的景象,可这明珠却又是泪珠,这泪又为何而生?相传埋藏美玉之处上有轻烟缭绕,但这种烟气远看似有,近观却无,仿佛某种美好但难以把握的东西。

人生中的很多情境正是如此,美丽迷人却不可捉摸,值得期待又充满遗憾。而人生际遇又是如此复杂,很多事情不用说回味,便在当时,身处其中的人也难以理清来龙去脉。回思往事的时候,我们常常忍不住去想,事情怎么就变成这样了呢?——说得好像重来一遍我们就能改变事情的发展。如此情境,岂非正像李商隐说的"此情可待成追忆,只是当时已惘然"?

晚晴

深居俯夹城,春去夏犹清。
天意怜幽草,人间重晚晴。
并添高阁迥,微注小窗明。
越鸟巢干后,归飞体更轻。

— 注释 —

* 深居:幽居。夹城:外城。
* 迥:远。注:阳光照射。
* 越鸟:南方的鸟。

— 品读 —

　　诗人幽居山中,不知不觉春日已去,虽然繁花摇落,但夏天也有独特的美感。

　　夏天最引人注目的莫过于蔚然深秀的草木,诗人在这里选取了一丛幽草作为描写的对象。正值雨后初晴,经过水润的草丛沐浴着阳光,可谓得天独厚,更加绿意逼人,如此清新舒畅的夏日傍晚,自然也得到人们的珍惜和喜爱。

　　在诗人的感受中,明朗的天色让他能够看得更远,雨止云开，哪怕时近黄昏，日光透过窗子照进来，房间里也为之一亮。鸟巢里不再湿漉漉的，鸟儿得以无拘无碍地飞翔。

当时李商隐身在桂林幕府，"越鸟"应该是自比。他一生被权力斗争裹挟，难以自处，漂泊流离，这首诗却是难得的明朗轻快的基调，诗人去欣赏那片生意欣然的幽草，沐浴着温暖的日光想象飞鸟振翅高翔。至少在这一刻，他是自由而适意的。

无题二首 · 其二

重帏深下莫愁堂,卧后清宵细细长。
神女生涯原是梦,小姑居处本无郎。
风波不信菱枝弱,月露谁教桂叶香。
直道相思了无益,未妨惆怅是清狂。

— 注释 —

* 重帏:层层的帷幔。莫愁:女子名,一为洛阳人,嫁为卢家妇;一为石城人,善歌谣。此处泛指闺中女子。

* 神女:即宋玉《神女赋》中的巫山神女,与楚襄王在梦中相会。小姑:乐府《青溪小姑曲》云:"开门白水,侧近桥梁。小姑所居,独处无郎。"

* 直道:即使。清狂:此处指痴情。

— 品读 —

　　这首诗写的是一个待嫁的女子,她独自居住在帘幕重重的闺房中,在清静的深夜独卧难眠。她心里想的是自己的终身大事,但她对此是悲观的,就像虚无缥缈的神女一梦,孤独寂寞的青溪小姑,自己也难以找到托身的对象。她就像娇弱的菱枝,饱受风波摧残,她渴望明月清露的滋养，羡慕月露之下细细生香的桂花——那是被爱意包裹的样子。她知道相思是徒劳无益的，但还是宁愿就此痴想下去，对爱情抱有一丝期待。

李商隐写男女之情的作品常有喻托之意，这首诗旧注以为投赠幕主之子令狐绹之作，借女子待嫁表达自己渴望得到对方赏识揄扬的心意。诗歌意境清幽，美感自不待言，最令人惊心动魄者，乃在"直道相思了无益，未妨惆怅是清狂"二句。

这是一种入而不出、往而不返的深情，明知相思无益，仍旧为相思所苦，看穿了残酷的结果之后，仍毫无保留地投注。李商隐诗中此等深情之语极多，如"春蚕到死丝方尽，蜡炬成灰泪始干""若是晓珠明又定，一生长对水精盘"，其思深意苦之处，可以超越爱情、政治等单一的主题，给人以直接的感染。

悼伤后赴东蜀辟至散关遇雪

剑外从军远,

无家与寄衣。

散关三尺雪,

回梦旧鸳机。

— 注释 —

* 辟:征召。散关:即大散关,在今陕西省宝鸡市西南,为军事要塞。

* 剑外:蜀中剑门关以南。

* 鸳机:即鸳鸯机,织机的美称。

— 品读 —

此诗作于李商隐妻王氏逝世后不久,诗人受东川节度使柳仲郢征召入蜀,途中见边关风物,感亡妻永隔,写下这首诗。

历来边塞军旅之作,多从思妇设辞,写家中女子寄寒衣给边关的丈夫。李商隐妻子新丧,万里从军,家中却再无那个挂念他寒暖的人,一句"无家与寄衣",沉痛已极。

关外气候严酷,诗人眠风卧雪,亡妻的形象出现在梦里，仿佛还如昔日一般在织机畔劳作。"三尺雪"之冰冷严寒，"旧鸳机"之温存暖意，对比之下，感伤更甚——诗人最需要冬衣御寒的时候，那个为他制衣相寄的人却已不在人世。诗句到此为止，诗人梦醒后如何面对这种巨大的落差，却教人不忍设想。

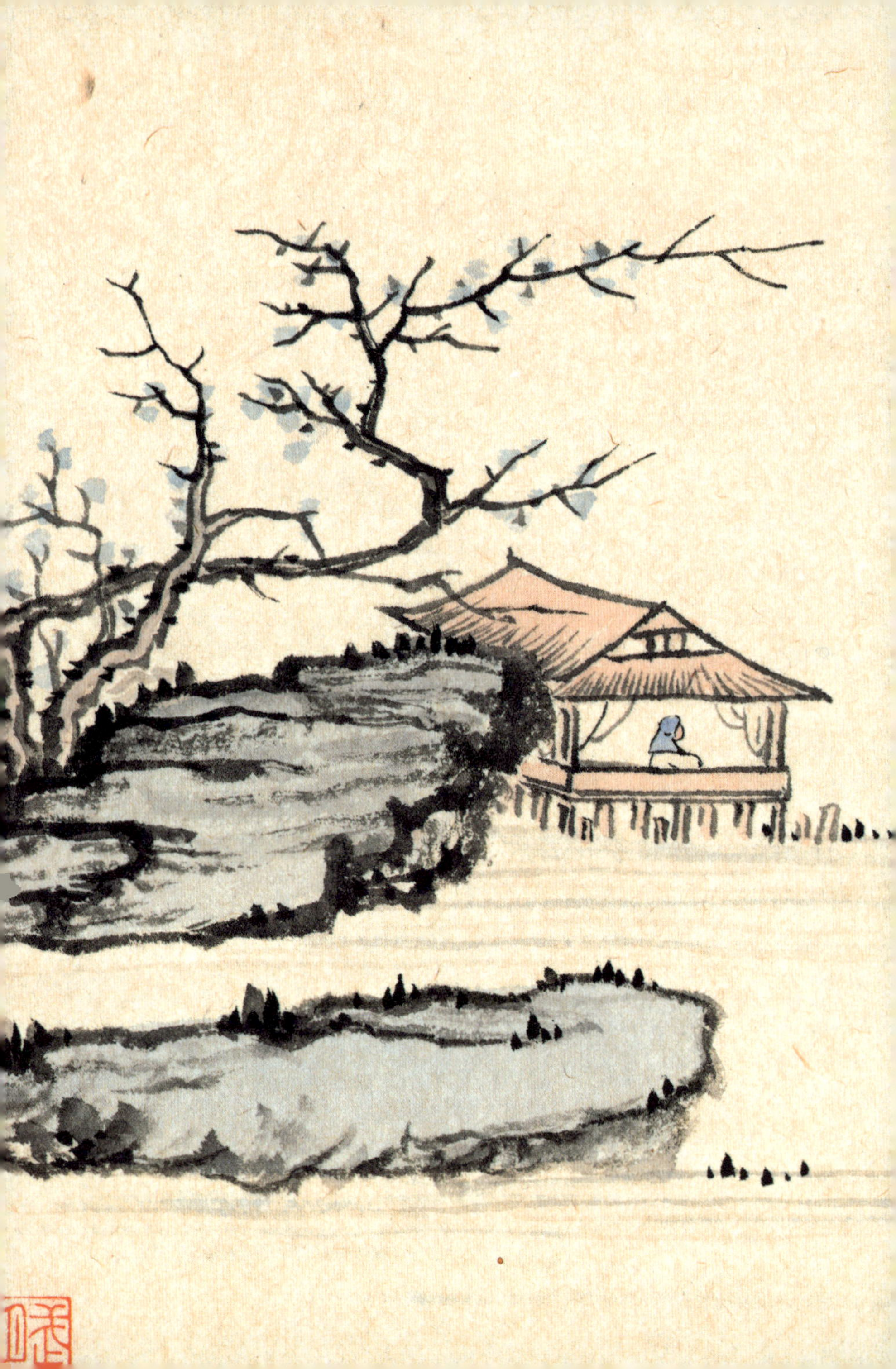

温庭筠

（812？—870？）

字飞卿，太原祁（今山西祁县）人。相貌奇丑，人称"温钟馗"。才思敏捷，下笔万言。屡试不第，曾为国子助教，后流落而终。温庭筠才情绮丽，工为辞章，与当世诗人李商隐齐名，号"温李"。又精通音律，能词，风格秾艳典丽，深美闳约，为花间派之鼻祖。

梦江南

千万恨,恨极在天涯。山月不知心里事,水风空落眼前花。摇曳碧云斜。

— 品读 —

有一个人,远在天边,却牵动着我心底最柔软的那根弦。

晚风拂过水面,花瓣荡悠悠飘落,随水而逝。这朵花绽放的时候没有人欣赏,凋落在春风里,有没有人为它哀叹?我的心事也没有人察觉,更不用说身边无情风月,它们自顾自起起落落,摇曳飘荡,触人愁绪,却不解慰人悲凉。

这首词的题材是极为普通的伤春念远,但境界极美。"千万恨,恨极在天涯",开头将心事托出,有千钧之力。"山月"以下,却是空灵含蓄,婉转低回,一段深情全都分付于景物之中。词人运笔已臻化境,山月、水风、落花、碧云,境界如画,"不知"与"空落"点染心境,使画面饱含情意。情意本是愁绪,却因境界之美而令人沉醉、引人神往,飘然欲往那一方云水荡漾、花月纷然的天地。

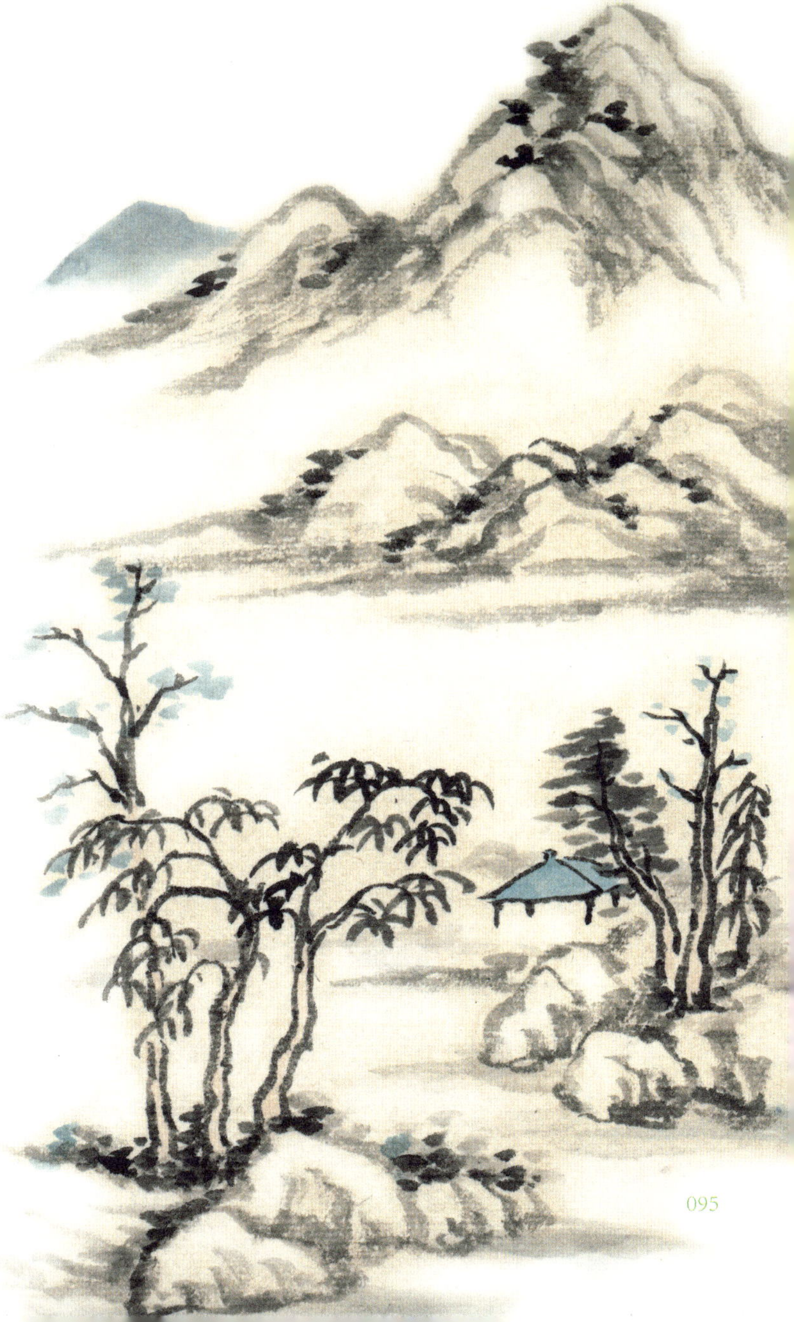

梦江南

梳洗罢,独倚望江楼。过尽千帆皆不是,斜晖脉脉水悠悠。肠断白蘋洲。

— 注释 —

* 脉脉:深含感情的样子。
* 白蘋:水中浮草,夏末秋初开白花。

— 品读 —

一个女子梳妆之后,独自倚在楼头,眺望着江面。江面上船只来往,却没有一艘船载来她等的那个人。从早晨到傍晚,她一直这样痴痴凝望,直到红日西沉,江水悠悠,此情不尽。结以"肠断白蘋洲"五字,"肠断"之由自然蕴含在前文的叙写中。

思妇之辞贵在情真,《梦江南》选取"望归"这一画面,渴盼之情,盼而不得的失望之意,俱在夕阳江水波纹摇荡之中。

这名女子当然知道她所思念的人是谁,但词中痴迷怅惘之意却给"过尽千帆皆不是"这个画面赋予了丰富的内涵。当我们寻寻觅觅不知心之所向的时候,当我们在茫茫人海中找不到灵魂知己的时候,岂不也正像"过尽千帆皆不是"？

  诗词感发之力量，原不限于一人一地、一时一事，诗性的境界像一个中空的容器，可以装进很多人的很多种情绪。

更漏子

玉炉香,红蜡泪。偏照画堂秋思。眉翠薄,鬓云残。夜长衾枕寒。　　梧桐树。三更雨。不道离情正苦。一叶叶,一声声。空阶滴到明。

— 注释 —

* 翠:画眉之黛。薄:淡薄,此处指褪色。鬓云:乌云一样的鬓发。

* 不道:不管,不顾。

— 品读 —

温庭筠的闺怨之作,常写一个美丽的女子身处精致华美的室内,外物愈精美,内心愈凄凉,这首《更漏子》上片便是如此场景。

玉炉中点有香料,红烛静静地燃烧。红烛本有暖意,可"偏照画堂秋思",烛光下是一个幽怨的女子,于是如血的烛泪平添几分凄艳。这个女子是美丽的,她本来眉描翠黛,鬓发如云,但是清寒漫长的秋夜,她因为思念而难以入眠,在枕上辗转反侧,直到眉妆褪了色,鬓发也乱了。

这一夜梧桐秋雨,更助凄凉。古人有"夜雨滴空阶"(何逊《临行与故游夜别》)之句,这首词的下片像是把这个情境细化了。一点一点去描述雨如何滴,情如何苦,离人如何听着凄凉的雨声直到天明。一声声落在梧桐叶上的雨滴,恰似离人一滴一滴掉落的眼泪。

怨女秋思,是诗词中一个常见的题材。此词上片浓艳,下片疏淡,将离情与秋夜浑化无痕。

侠客行

欲出鸿都门,阴云蔽城阙。
宝剑黯如水,微红湿余血。
白马夜频惊,三更灞陵雪。

— 注释 —

* 鸿都门:东汉洛阳官门名。
* 灞陵:汉文帝陵寝,在长安(今陕西西安)。

— 品读 —

　　温庭筠的词主要写美女与爱情,富艳精工,诗却是另一种风貌。

　　《侠客行》是乐府旧题,内容多表现豪侠的行事与精神。温庭筠这首诗仅有六句,但选取的意象极具代表性,豪侠之气跃然纸上。

　　"欲出鸿都门,阴云蔽城阙",巍巍宫阙,阴云满天,营造了一种严肃而紧张的氛围。在此氛围之下,诗人并没有详写侠客行事的来龙去脉,而是选择了"剑"与"马"两个意象。剑是"宝剑黯如水,微红湿余血",宝剑在暗淡的夜色中清光如水,剑身还带有未干的血迹,一股凛然的英气扑面而来。马是"白马夜频惊,三更灞陵雪","频惊"可见形势紧张,三更而由鸿都门至灞陵，可见此马神骏。全诗寥寥数笔，没有正面描写侠客，而侠客的形象则活现于深夜严城、宝剑名马的映衬之下。

下

柳 永

(987？—1054？)

字耆卿，初名三变，崇安（今属福建）人。宋景祐元年（1034）进士，官至屯田员外郎。仕途蹭蹬，一生沉沦下僚。精于乐章，好流连烟花柳巷，多侧艳之词，文笔佳妙。羁旅行役词境界疏阔，不减唐人高处。

凤栖梧

　　伫倚危楼风细细。望极春愁,黯黯生天际。草色烟光残照里。无言谁会凭阑意。

　　拟把疏狂图一醉。对酒当歌,强乐还无味。衣带渐宽终不悔。为伊消得人憔悴。

— 注释 —

* 凤栖梧:"蝶恋花"别名。
* 危楼:高楼。
* 伊:表示第三人称,多指女性。

— 品读 —

　　这首词上片是景语,写登高望远,以意象营造境界,"春愁"之中带有苍茫疏旷之感。下片是情语,抒写词人的心境。从上片登高望远的形象之中,我们已经可以体会到词人情怀不乐。下片言饮酒无味,可见这种愁情是很难排遣的。结尾道明了词人情怀不乐的原因:为伊消得人憔悴。乃是因为思念佳人,才消磨得形容憔悴。最后两句也是全词警策所在,历来为人传诵。王国维先生在《人间词话》中以之为"成大事业、大学问者"的第二种境界：一个人找到了为之奋斗的目标，既有目标，便坚定不移地追寻。

生命中总有一些事情值得我们执着不悔地坚持、毫无保留地付出。可以是一个人、一段感情，也可以是一份事业、一种理想。

柳永的这首《凤栖梧》也许原本只是为了某位风尘知己而发，并无表现人生境界之自觉。但是经过后世读者的阐发，它可以被解读出如此丰厚的意蕴，说明这首词本身具有反复咀嚼的价值和深入挖掘的可能，是可以代表柳永恋情词之妙境的。

望海潮

东南形胜,三吴都会,钱塘自古繁华。烟柳画桥,风帘翠幕,参差十万人家。云树绕堤沙。怒涛卷霜雪,天堑无涯。市列珠玑,户盈罗绮竞豪奢。　　重湖叠巘清嘉。有三秋桂子,十里荷花。羌管弄晴,菱歌泛夜,嬉嬉钓叟莲娃。千骑拥高牙。乘醉听箫鼓,吟赏烟霞。异日图将好景,归去凤池夸。

— 注释 —

* 形胜:指地理位置优越,地势险要。三吴:指吴兴、吴郡、会稽三郡,泛指江浙一带。钱塘:即杭州。

* 巘(yǎn):山峰。

* 高牙:高高张挂的牙旗,此词乃柳永投赠杭州知州孙何之作,这里形容孙何出行的仪仗旗帜鲜明。

* 凤池:凤凰池,宫苑中的池沼,因中书省靠近宫禁,故以凤池代指中书省,这里夸耀孙何将来必入主朝廷中枢。

— 品读 —

  柳永大量创作长调慢词,使词这种文体具有了更丰富的表现力。李之仪评价柳永的长调说"铺叙展衍,备足无余,形容盛明,千载如逢当日",这个评价对柳永来说绝非过誉。

  这首《望海潮》写的是钱塘,也就是现在的杭州。从地势到风景,从物产到人情,内容非常丰富,却安排得当,有首有尾,把北宋时期杭州的承平气象形容得如在目前。据说金朝的皇帝完颜亮听到这首词,羡慕词中所描写的繁华景象,竟然因此生出南下侵略宋朝的野心,这件事让我们从侧面感受到柳永的长调具有何等强大的表现力。

  杭州是我国的历史文化名城,柳永这首词就像是一张精致的名片,跨越了时空,让那桂子的清香,荷花的娇艳,甚至笙歌乐舞嬉戏欢笑的声音,在一代代读者的记忆中永不褪色。

玉蝴蝶

　　望处雨收云断，凭阑悄悄，目送秋光。晚景萧疏，堪动宋玉悲凉。水风轻、蘋花渐老，月露冷、梧叶飘黄。遣情伤。故人何在，烟水茫茫。　　难忘。文期酒会，几孤风月，屡变星霜。海阔山遥，未知何处是潇湘。念双燕、难凭远信，指暮天、空识归航。黯相望。断鸿声里，立尽斜阳。

— 注释 —

* 悄（qiǎo）悄：忧愁的样子。
* 宋玉悲凉：战国诗人宋玉在《九辩》中抒写秋士之悲，与此词主题接近。
* 文期酒会：文人之间的诗酒集会。

— 品读 —

　　这首词写悲秋之感，首先让人体验到的是辞章和声音上的美感。上片的"水风轻、蘋花渐老，月露冷、梧叶飘黄"和下片的"几孤风月，屡变星霜""念双燕、难凭远信，指暮天、空识归航"都是工稳而自然流畅的对偶句，在传达情意的同时体现出声音上的顿挫之美，一读之下便知是好言语。

诗词的美感有很多在声音上，语言描摹不出，只有一遍一遍地赏读方可得其真味。

从情感内容上说，词中表达的时光流逝的感慨和思念故友的悲哀是常见的。但因表现的力量极大，很容易让人受到感染。上片写节物变化引起人心里的情思，细致入微。下片写离别的伤感，更能让人体会到光阴无情山海难越，最后暮色斜阳里凭栏远眺的形象可谓极尽哀伤怨断之能事，但并无荏弱之感，反而流露出一种苍茫老健之气。

望远行

长空降瑞,寒风剪,淅淅瑶花初下。乱飘僧舍,密洒歌楼,迤逦渐迷鸳瓦。好是渔人,披得一蓑归去,江上晚来堪画。满长安,高却旗亭酒价。　　幽雅。乘兴最宜访戴,泛小棹、越溪潇洒。皓鹤夺鲜,白鹇失素,千里广铺寒野。须信幽兰歌断,彤云收尽,别有瑶台琼榭。放一轮明月,交光清夜。

— 注释 —

* 瑶花:即雪花。

* 鸳瓦:即鸳鸯瓦,中国传统建筑中,屋顶上的瓦片一俯一仰,形似鸳鸯相互依偎,故称。

* 旗亭:酒楼,悬旗为酒招,故称。

* 访戴:《世说新语·任诞》载:"王子猷居山阴。夜大雪,眠觉,开室命酌酒,四望皎然;因起彷徨,咏左思《招隐》诗,忽忆戴安道。时戴在剡,即便夜乘小船就之,经宿方至,造门不前而返。人问其故,王曰:'吾本乘兴而行,兴尽而返,何必见戴。'"越溪:指剡溪,戴安道所居之地。

* 鹇(xián):一种鸟,雄鸟背为白色。

— 品读 —

柳永是可以用词讲故事的。

这首词写的是雪。上片写雪花从天上飘到人间,洒在远离红尘的僧舍屋顶,也洒在十丈软红中歌楼酒馆的屋顶。有渔人寒江独钓的清冷幽独,也有市井红尘中喝酒驱寒的俗事,真令人应接不暇。

既有雪景,很容易想到"雪夜访戴"这样的高人雅致。那样潇洒又多情的故事,是发生在大雪天的呀。是怎样的大雪天呢?"皓鹤夺鲜,白鹇失素,千里广铺寒野。"这几句专写雪之白,"皓鹤""白鹇"都是羽毛洁白的鸟,在千里茫茫的大雪之中,它们已然显不出自己的颜色。冯煦在《蒿庵论词》中说柳永词"状难状之景,达难达之情,而出之以自然",这句词就是一个很好的佐证。

词的最后想象雪停以后天地之间一片洁白的景象,白雪加上明月的映照,清光愈加可爱。

整首词以雪为表现对象,抒写口吻较为客观,词中并未蕴含非常深厚的情意,但是它就像一篇笔致细腻、安排得当的写景小品文,非常耐读。

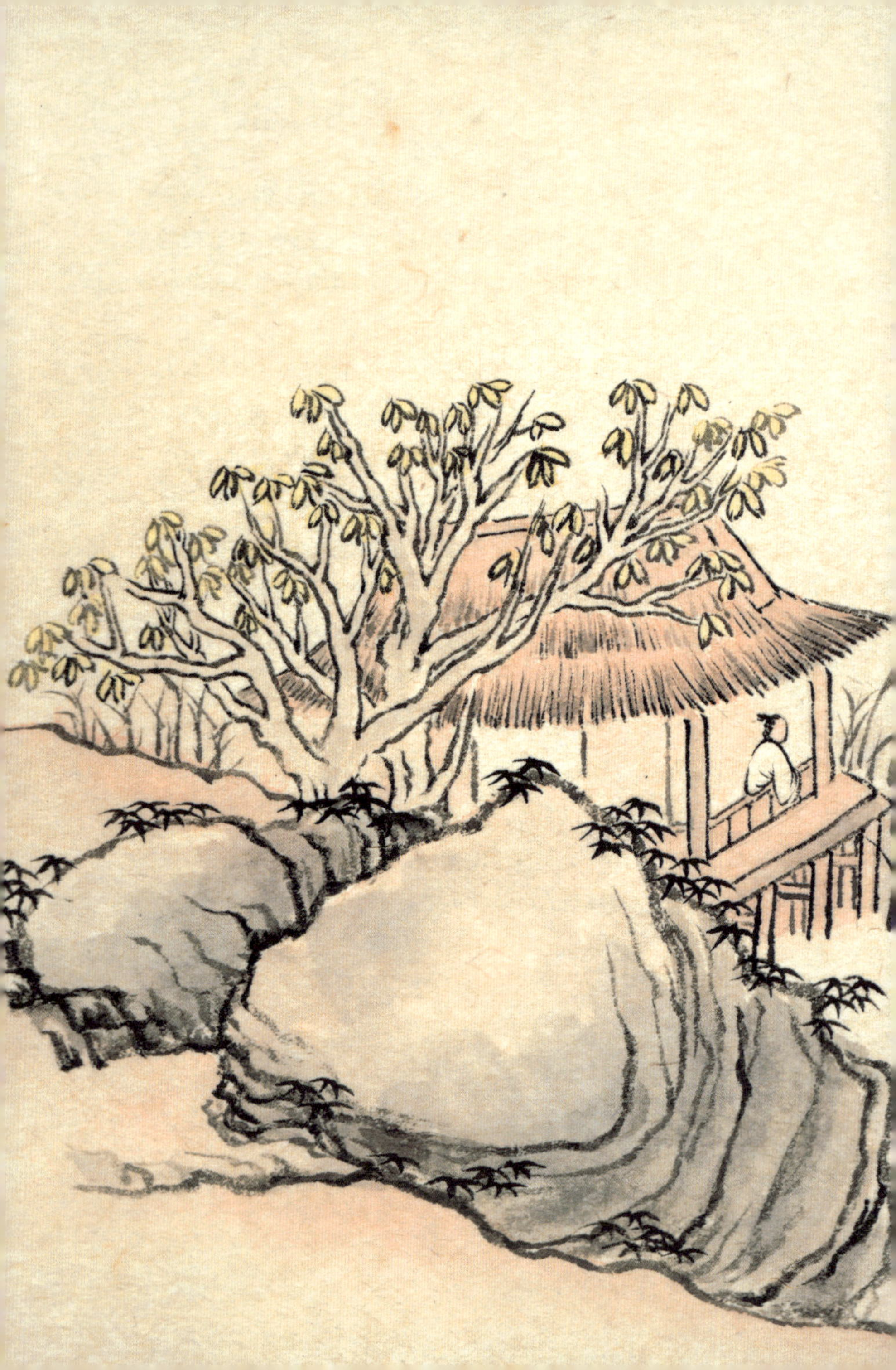

晏殊

(991—1055)

字同叔,抚州临川(今江西抚州)人。七岁能属文,宋真宗景德二年(1005)以神童召试,赐进士出身。累擢知制诰、翰林学士。庆历中,拜集贤殿大学士、同中书门下平章事兼枢密使。词风温润秀洁、意态闲雅。

浣溪沙

　　一向年光有限身。等闲离别易销魂。酒筵歌席莫辞频。　　满目山河空念远，落花风雨更伤春。不如怜取眼前人。

— 注释 —

* 一向：一会儿，片刻。
* 等闲：轻易，随便。

— 品读 —

　　时光荏苒，生命有限，有限的生命中又充满了令人伤感的离别。词中的"离别"二字并不特指某一次、与某一个人的离别，而是生命中普遍的离别，可以是与任何一个人的离别，也可以是任何一段值得珍惜的光阴。生命的残酷就在于充满了短暂的相聚和永久的离别，所以要"酒筵歌席莫辞频"，在宴席上饮酒欢歌，把握这有限的时光。

　　如果说上片所表达的只是一种及时行乐的心态，那么下片则体现出了更积极的人生态度。"满目山河空念远，落花风雨更伤春"，我们望着满眼的河山怀念远方的人，风雨摧残了花朵，我们为春天的逝去而哀伤。但是这一切都并没有什么实际的意义，所以"不如怜取眼前人"，认识到现实的残酷，珍惜眼前的人，把握当下的生活，才是我们能做的事。

诗人大多是感性的，感性的人提出问题，很少解决问题。而晏殊与众不同的地方在于，他是一个理性的诗人，他喜欢用节制的口吻表达感情，用现实的眼光看待问题，他不仅提出了问题，他还给出了解决的办法。"满目山河空念远"怎么办？"不如怜取眼前人。"

浣溪沙

小阁重帘有燕过。晚花红片落庭莎。曲阑干影入凉波。　　一霎好风生翠幕,几回疏雨滴圆荷。酒醒人散得愁多。

— 注释 —

* 庭莎:庭院中的莎草。
* 翠幕:翠色的帷幕。

— 品读 —

晏殊的词富贵闲雅,妙在写富贵而不流于鄙俗,词中没有玉堂金马耀眼生辉的意象,而以自然风物点染,善于从细微的节物变化之中得到关于时光与生命的体悟。

燕子飞过帘幕,晚花散落在庭院的野草之中,春去夏来,悄然昭示着时节的流转。

阑干倒影映入池塘,一霎凉风吹过,小雨淅淅沥沥滴在荷叶上。这一阵清凉散去了词人的酒意,他意识到欢宴已经结束,宾客也都散去了,于是在这寂静的庭院中,蓦然愁绪暗生。

晏殊词中是极少写明"愁"的具体来源的,是感慨于花不长红,还是人不长久,抑或是从那些必然消逝的事物中体会到人生中某些难以把握的东西?

读者自以心证。

鹊踏枝

槛菊愁烟兰泣露。罗幕轻寒,燕子双飞去。明月不谙离恨苦。斜光到晓穿朱户。

昨夜西风凋碧树。独上高楼,望尽天涯路。欲寄彩笺兼尺素。山长水阔知何处。

— 注释 —

* 鹊踏枝:"蝶恋花"别名。
* 槛菊:开在栏杆外的菊花。
* 罗幕:丝罗门帘。
* 谙:知悉。
* 彩笺:彩色的信纸。尺素:小幅的白绢,多用来写信。

— 品读 —

这首词写的是离别之苦,题材是词中很常见的相思怀人。上片写含烟带露的花朵,写燕子双飞,写若有情若无情的明月,意境极美。下片写思念远人,欲寄书信而不得,词情愈加哀苦。

"昨夜西风凋碧树。独上高楼,望尽天涯路。"王国维先生在《人间词话》中以之为"成大事业、大学问者"的第一种境界。秋风之中树上的绿叶凋落了，"一叶落而知天下秋"，自然界的推移变化容易让人联想到岁月不居、人生无常。于是哲人在此时要进行严肃的思索：面对无情的岁月与短暂的生命，人应该如何把握自己的时光、如何不辜负这生命？"独上高楼，望尽天涯路"的形象，正如同一个孤独伫立、苦苦思索的人。

  这是一首相思怀人之作，作者初无表达人生哲理之自觉，然"独上高楼"所表现出的遗世独立之状，"望尽天涯路"所表现出的凝神苦思之状，很容易让读者联想到一个思索生命的哲人形象。

蝶恋花

南雁依稀回侧阵。雪霁墙阴,偏觉兰芽嫩。中夜梦余消酒困。炉香卷穗灯生晕。

急景流年都一瞬。往事前欢,未免萦方寸。腊后花期知渐近。寒梅已作东风信。

— 注释 —

* 侧阵:鸿雁飞翔时排列成的斜阵。
* 霁:天放晴。
* 穗:指灯花。
* 急景:急促的光阴。
* 方寸:指心。

— 品读 —

寒冬腊月,半夜酒醒,词人睡眼模糊,想到光阴飞逝,往昔欢愉萦绕心头。

写到这个情景,多半要抒发一些风月无情、旧欢如梦的悲哀,但这首词却并未如此。

冬天到了,春天还会远吗?你看那去南方避寒的大雁已经在返回的途中,你看那积雪的墙角已经长出了嫩嫩的兰芽。等过了腊月，就是一番又一番的花期，风雪中凌寒开放的梅花便是春天的使者。

晏殊常常伤春悲秋，但并不会沉溺于这种情绪。相反，他的很多词中都体现出一种应对现实、把握当下的精神。他的《少年游》词写秋天树叶凋零，只有芙蓉花凌寒开放，他说"莫将琼萼等闲分。留赠意中人"，不要辜负这秋天里的春意，要让它有所用。他的《酒泉子》词中说："把酒看花须强饮，明朝后日渐离披。惜芳时。"在有花可看的时候就好好欣赏花的美丽，因为美好的东西很容易逝去，要珍惜。

所以他在寒冬腊月里也会想到百花盛开的春天——过去的事终究是过去了，未来会有更好的际遇。

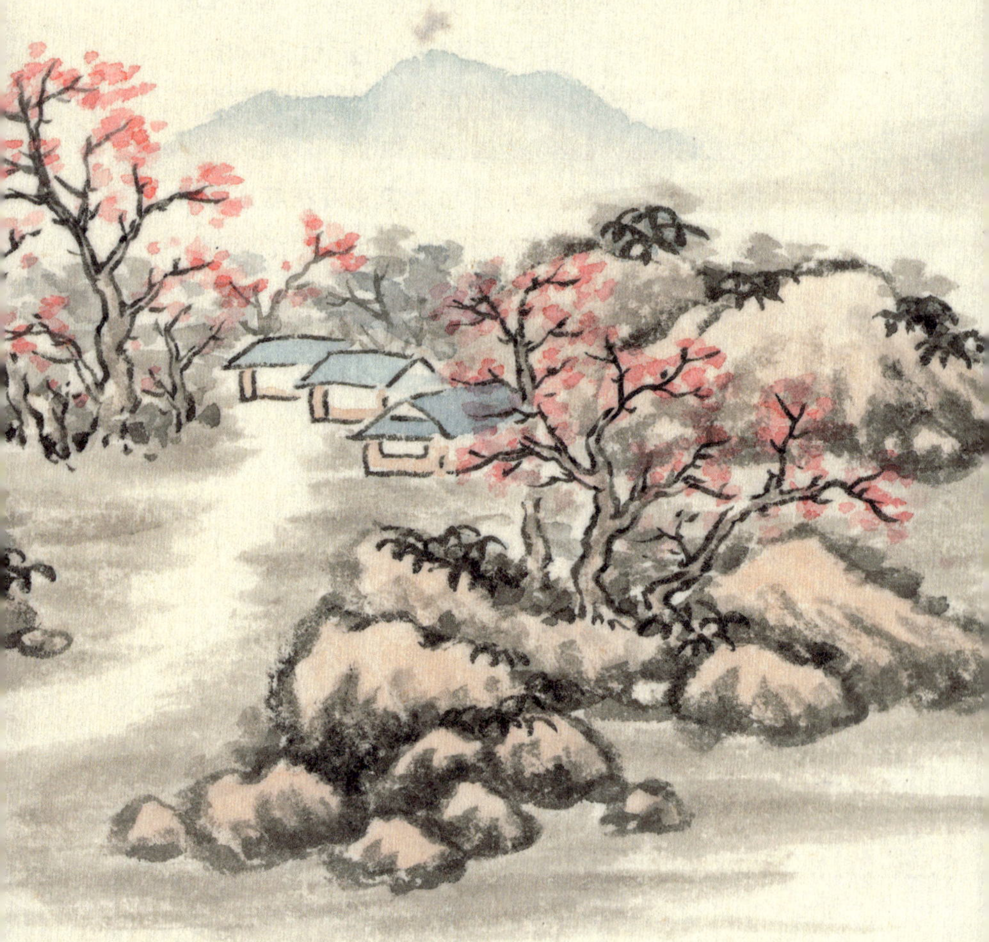

欧阳修

(1007—1072)

字永叔,号醉翁,晚号六一居士,庐陵(今江西吉安)人。宋仁宗天圣八年(1030)省元,中进士甲科。官至参知政事、兵部尚书。神宗朝,以太子少师致仕,谥"文忠"。"唐宋八大家"之一,诗词文俱佳,被誉为"一代文宗"。

采桑子

群芳过后西湖好,狼籍残红。飞絮濛濛。垂柳阑干尽日风。　　笙歌散尽游人去,始觉春空。垂下帘栊。双燕归来细雨中。

— 注释 —

* 西湖:这里指颍州西湖。狼籍:凌乱。
* 帘栊(lóng):指窗帘。栊,窗。

— 品读 —

　　欧阳修晚年退居颍州时写有一组《采桑子》,歌咏颍州西湖美景,这首是其中之一。

　　群芳过后,暮春时节,满地落花凌乱,漫天飞絮飘飘,栏杆外长长的柳条随风摇摆。

　　花明柳媚的时候,莺歌燕舞的时候,人们尽情享受春天的盛宴,西湖好风光,前来游赏的人自然不少。春天是一点一点过去的,可是词人的体验却具有瞬时感,"笙歌散尽游人去,始觉春空",他是在喧极归寂,热闹的人群散去之后,猛然意识到春意阑珊。"始觉"二字力量沉重,有顿悟之感。

　　诗词妙在含蓄不尽,情意一经点出,往往并不说透,词的最后仍以景物作结,"垂下帘栊。双燕归来细雨中",放下窗帘,人在房中,仿佛已与外界隔绝了,细雨中一双燕子飞来,尚带轻灵的春意。而此时的词人也变成了春天的旁观者,退一步,从满天花雨中抽身出来,留下了几分思索的味道。

　　繁华之后的寂寞冷清最易动人心怀,如果你也曾在某次欢聚酒阑人散之后产生某种空落落的感觉,一定能被词中的"笙歌散尽游人去,始觉春空"触动。

临江仙

柳外轻雷池上雨,雨声滴碎荷声。小楼西角断虹明。阑干倚处,待得月华生。

燕子飞来窥画栋,玉钩垂下帘旌。凉波不动簟纹平。水精双枕,傍有堕钗横。

— 注释 —

* 断虹:被遮断的彩虹。
* 玉钩:精美的帘钩。帘旌:帘幕。
* 簟(diàn):竹席。
* 水精:即水晶。

— 品读 —

雷声隐隐,一霎雨落,洒在荷叶上淅沥有声。夏天的雨并不缠绵,很快便雨过天晴,从楼上望出去,能见到天边一抹彩虹。再过不久,就会有明月升起,洒下一片清光。

上片景物描写是以楼中女子的视角,她静倚阑干,听着垂柳之外的雷声与荷叶之上的雨声,直到明月升起,洒下满地清辉。很多时候词中的境界与作者的人格可以相互映衬,这几句描写夏日风光的词,风格非常爽朗。

　　下片更是巧妙,观察的视角变成了窥帘的燕子。透过垂下的帘幕,隐约可见女子躺在平整的竹席上,精致的水晶枕畔是她掉落的发钗。

　　整首词画面明净,情绪在若有若无之间,词中的女子大抵是寂寞的,不过她所思何人、所念何事,入夜就枕的时候是否能有一夕好梦,就在读者的想象之中了。

蝶恋花

越女采莲秋水畔。窄袖轻罗,暗露双金钏。照影摘花花似面。芳心只共丝争乱。

溪𪁙滩头风浪晚。雾重烟轻,不见来时伴。隐隐歌声归棹远。离愁引著江南岸。

— 注释 —

* 金钏(chuàn):金镯子。
* 𪁙(xī)𪁙(chì):一种水鸟,多紫色,好同游。
* 棹:船桨。
* 著:同"着"。

— 品读 —

一个美丽的江南女子水上采莲,她穿着轻便的衣裳,衣袖间一对金镯隐约可见。此刻的采莲女,有一种"美而不自知"的感觉。忽然间,她看到了自己水中的倒影,是"照影摘花花似面",原来自己的容颜竟与荷花一样美丽。

认识自己是走上清醒、自知的人生道路的起点,也是许多烦恼的开端,这个采莲女既然已经意识到自己是如此的美丽，就不由她不"芳心只共丝争乱"了。于是她远离了人群，于是她有了愁绪。

傍晚时分，风吹浪起，原本如镜面一般的水面兴起了波澜，这波澜是风吹而起，却也是"芳心只共丝争乱"的一种具象。采莲舟上传来隐隐的歌声，歌声中唱的是相思离愁，沿着江岸一路飘洒。这样的声音又会引起采莲女怎样的思绪？

如果一个人一生浑浑噩噩，反而更容易获取世俗的快乐。恰恰是开始自我认识、自我反省之后，常常会陷入思索和痛苦。不知我们是愿意选择糊涂的快乐，还是愿意选择清醒的痛苦呢？

渔家傲

腊月年光如激浪。冻云欲折寒根向。谢女雪诗真绝唱。无比况。长堤柳絮飞来往。

便好开尊夸酒量。酒阑莫遣笙歌放。此去青春都一饷。休怅望。瑶林即日堪寻访。

— 注释 —

* 激浪：迅急的波浪，形容时光之速。
* 冻云：冬天的阴云。寒根：寒冬里裸露的树根。
* 谢女雪诗：东晋才女谢道韫有咏雪名句"未若柳絮因风起"。
* 比况：比拟。
* 尊：同"樽"，酒杯。
* 一饷：一会儿。
* 瑶林：雪后的树林。

— 品读 —

时光荏苒，转眼已到年底。腊月是一年之中最冷的时节，大雪纷飞，万木凋零，天上的云似乎都被冻结了。

欧阳修另有词云："惟有酒能欺雪意。"这首词的下片也在写喝酒,而且是放怀痛饮,酒后还要听歌看舞,尽情欢乐。说得甚有豪气,仿佛要跟这腊月严寒斗上一斗。

青春年华转瞬即逝,何必把时间用来伤怀呢?寒冬大雪又怎么样,那雪后的树林披琼戴玉,不也很美吗?不管环境如何,找到属于自己的快乐才是真。

欧阳修为人豪迈洒脱,他曾在远贬边地时写下过"残雪压枝犹有橘,冻雷惊笋欲抽芽"这样的诗句,写严寒之中也有生命在顽强生长,让人看到不屈的生机。与此词正可参看。

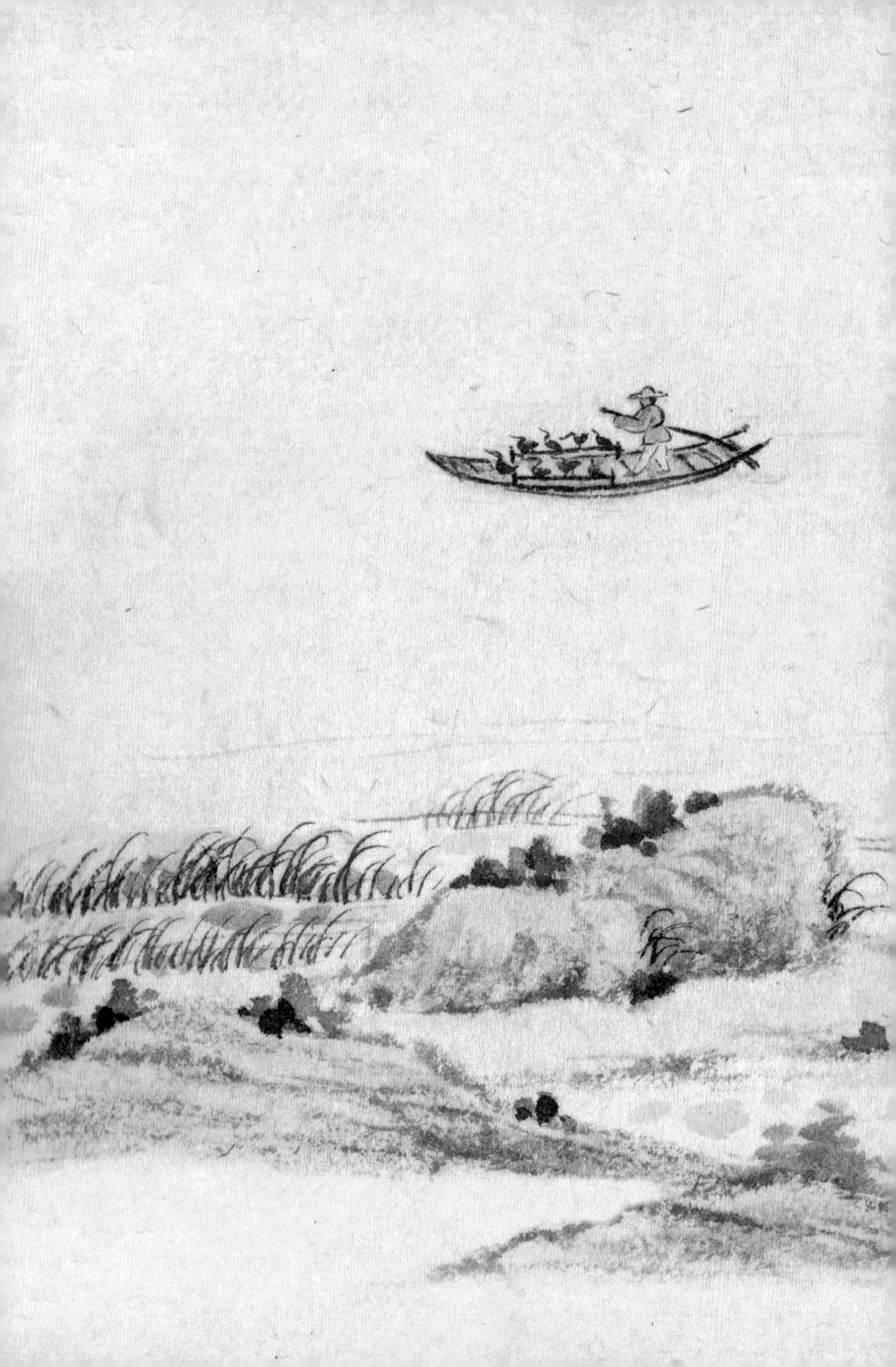

苏 轼

(1037—1101)

字子瞻,一字和仲,自号东坡居士。眉州眉山(今四川省眉山市)人。宋仁宗嘉祐二年(1057)进士及第,历端明殿学士、礼部尚书。孝宗朝,追赠太师,谥"文忠"。子瞻胸次高旷,诙谐洒脱。其诗酣畅淋漓,饱含理趣。其词开拓了"以诗为词"的新境界,一洗绮罗香泽之态,逸怀浩气,风度超然。

临江仙·送钱穆父

一别都门三改火，天涯踏尽红尘。依然一笑作春温。无波真古井，有节是秋筠。

惆怅孤帆连夜发，送行淡月微云。尊前不用翠眉颦。人生如逆旅，我亦是行人。

— 注释 —

* 钱穆父：钱勰，字穆父，苏轼好友。
* 都门：指都城汴京。改火：古人钻木取火，四季用不同的木柴，此指时节改换。
* 筠（yún）：竹子。

— 品读 —

宋哲宗元祐六年（1091）春，苏轼知杭州，好友钱穆父自越州任上转官，途经杭州，与苏轼相见复又离别，苏轼写下这首词相送。

自京城一别，两人都是各地流转，所以说"天涯踏尽红尘"。可喜的是，岁月的风尘不曾磨染彼此的心地，好友相视一笑，仍然如春天般温暖。钱穆父离开京师是因为直言议论朝政而遭到攻击，所以苏轼称赞他心境像古井一般波澜不兴,气节像秋竹一般傲霜独立。

好友相会之后,转眼又要分别,朋友远行的帆船连夜就要出发,清晨给他送行的时候正是"淡月微云"。在这凄清惆怅的氛围之中,我们似乎马上就要看到作者抒发离别的哀苦。但是苏轼没有,苏轼笔锋一振,用坚定的口吻说"尊前不用翠眉颦",在离别的宴席上,我们不用学那愁眉不展的儿女情态。李白的《春夜宴从弟桃花园序》中说:"夫天地者,万物之逆旅也。"天地既是万物之逆旅,你我俱行于大化之中,根本无甚分别,自然也就不用为远行而蹙眉了。今天我苏轼在杭州送你远行,明天我自己又在哪里呢?每个人都面临着这样难以捉摸的命运和不可把控的明天。词的下片境界越翻越高,令人叹为观止。

六月二十日夜渡海

参横斗转欲三更,苦雨终风也解晴。
云散月明谁点缀,天容海色本澄清。
空余鲁叟乘桴意,粗识轩辕奏乐声。
九死南荒吾不恨,兹游奇绝冠平生。

— 注释 —

* 参、斗:星宿名。苦雨:久雨。终风:大风,暴风。
* 鲁叟乘桴:《论语·公冶长》载:"子曰:'道不行,乘桴浮于海。'"孔子是春秋时期鲁国人,故称鲁叟。轩辕奏乐:《庄子·天运》说轩辕黄帝"张《咸池》之乐于洞庭之野",继而借黄帝之口讲了一番玄理,此指苏轼粗识老庄一死生、齐万物的道理。

— 品读 —

苏轼一生宦海沉浮,屡遭贬谪,一度远至儋州(今海南省)。如今的度假胜地海南岛,在北宋时期还是尚未开化的蛮荒之地。而苏轼就是在那样的地方,也不改皎如皓月的心志。

这首诗前两联全用比体,以"苦雨终风"象征被迫害的苦难，以"云散月明"象征自己不为宵小谗毁所遮的高洁人格，一句"天容海色本澄清"，高远辽阔又澄澈浩大，当真是文如其人，读之令人心怀顿爽。

　　颈联写的是诗人观海听涛的见闻，并由眼前景物联想到《论语》《庄子》中的语句。深受儒家和道家思想涵养的东坡既像孔子一般"士志于道"，也像老庄一般能看透生死得失。拥有一副如此伟健的人格，才能在屡经磨难之后仍豪情万丈地说出"九死南荒吾不恨，兹游奇绝冠平生"，充满了傲岸不屈的味道。

鹊桥仙·七夕送陈令举

缑山仙子,高情云渺,不学痴牛騃女。凤箫声断月明中,举手谢、时人欲去。

客槎曾犯,银河波浪,尚带天风海雨。相逢一醉是前缘,风雨散、飘然何处。

— 注释 —

*陈令举:陈舜俞,字令举,苏轼好友。
*缑(gōu)山仙子:《列仙传》载:"王子乔者,周灵王太子晋也。好吹笙作凤凰鸣。游伊洛之间,道士浮丘公接以上嵩高山。三十余年,后求之于山上。见柏良,曰:'告我家,七月七日待我于缑氏山巅。'至时,果见白鹤驻山头,望之,不得到,举手谢时人。数日而去。"
*客槎:《博物志》:"近世有人居海上,每年八月,见海槎来不违时。赍一年粮,乘之到天河。见妇人织,丈夫饮牛,问之不答。遣归,问严君平。某年某月日,客星犯牛斗,即此人也。"

— 品读 —

此乃七夕送别之作,化用多则神话,表现潇洒飘逸的境界。

上片以牛郎织女和缑山仙子的典故点出别情,以苏轼的性情胸襟,他自然更加认同挥挥手飘然而去的仙人王子乔,而不是缠绵不舍的牛郎织女。

下片活用"客星犯牛斗"的典故,故事中那个乘着海槎来到天河的人倏忽而来、倏忽而去,就像苏轼与他的朋友相逢又离别。这两件事之间本来没有什么联系,苏轼在这里就是取了一点"神似",这就使他与朋友的关系带上了一种超凡脱俗的浪漫的神仙气质。

王粲有诗云:"风流云散,一别如雨。人生实难,愿其弗与。"这首词的最后两句化用了王粲的诗,却变悲伤绝望为风流潇洒:我们有缘能够相逢,相逢还能意气相投,共谋一醉,这本身就是值得高兴的事。那么离别的时候就如风雨吹散,飘然不知何往,也不必过于挂怀。

苏轼的《临江仙》写离别,不见别情,只见达观,这首《鹊桥仙》则是不见别情,只见潇洒。金代的元好问称赞苏轼说:"自东坡一出,性情之外,不知有文字。"东坡确是如此,他的诗词无论写的是何种题材,最终都流露出他自己的一段性情,都是他充满魅力的人格精神的载体。

和子由渑池怀旧

人生到处知何似，应似飞鸿踏雪泥。
泥上偶然留指爪，鸿飞那复计东西。
老僧已死成新塔，坏壁无由见旧题。
往日崎岖还记否，路长人困蹇驴嘶。

— 注释 —

*子由：苏辙，字子由，苏轼的弟弟。宋仁宗嘉祐六年（1061），苏轼与苏辙在郑州分别后经过渑池，苏辙写有《怀渑池寄子瞻兄》，苏轼此诗为和作。

*那：同"哪"。

*"老僧"二句：苏轼与苏辙应举时，曾在一寺庙中留宿，并在寺中老僧奉闲的墙壁上题诗。写此诗时奉闲已死，僧人死后骨灰葬于墓塔，故云"成新塔"。

*"往日"二句：苏轼自注"往岁马死于二陵，骑驴至渑池"。"往岁"指昔年兄弟二人在父亲苏洵的带领下由蜀入京，途经二陵。二陵即二崤，崤山分为东崤、西崤。蹇（jiǎn），跛，行走困难。

— 品读 —

当我们思考人生的时候，总是会想，人生像什么？

苏轼"雪泥鸿爪"的比喻真是痛切万分又精当无比。

人生就像漂泊飞翔的大雁，偶然停驻在雪水泥泞的地面上，留下一点痕迹，转眼又踏上不知前途的征程。雪水会化、泥水会干，那一点点指爪的痕迹很快就会消失不见。而人生的路还是崎岖如斯，来来往往都是红尘的行客。

苏轼与弟弟苏辙既是骨肉血亲，又是文章知己。在漂泊流转的岁月里别多会少，这一次分开，兄弟两人都很难过。苏轼想到当年与弟弟一同入京应考，想到路上留宿过的僧舍。如今老僧已死，僧壁上的题诗想必也漫漶不见了。苏轼《沁园春》词写到与弟弟初入京城意气风发的样子："当时共客长安。似二陆初来俱少年。有笔头千字，胸中万卷，致君尧舜，此事何难。"而数年来人世沧桑，官场污浊混沌，理想一再消磨，回首前路，却只剩了"路长人困蹇驴嘶"这幅艰难愁苦的画面。

沧桑之感与兄弟之情，俱融于这朴实又恳切的诗句之中。

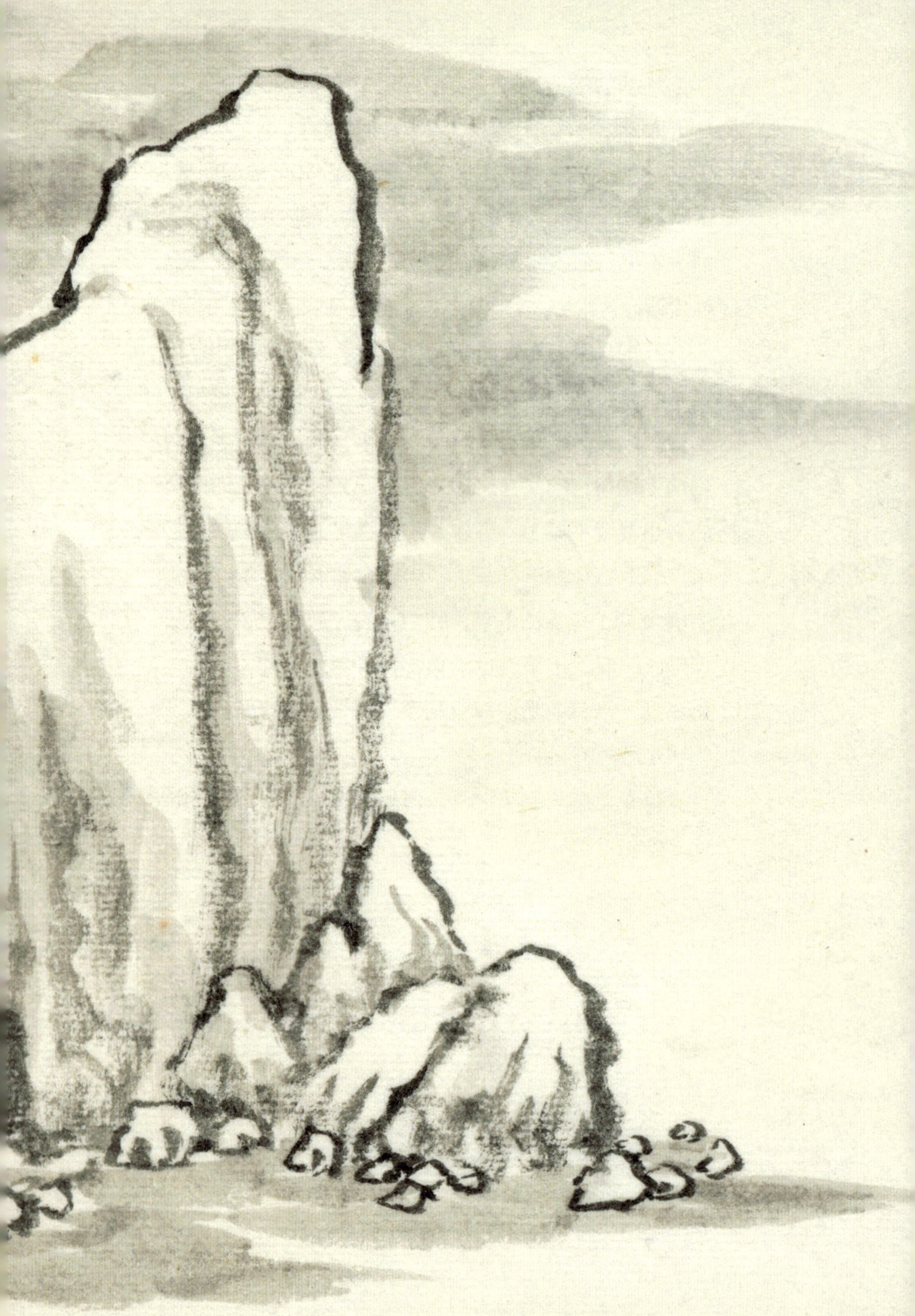

晏几道

(1038—1110)

字叔原,号小山,抚州临川(今江西抚州)人,晏殊幼子。历任颍昌府许田镇监、开封府推官等。性孤傲,中年家道中落。善填词,多写男女相思,词风缠绵悱恻,与其父合称"二晏"。

鹧鸪天

彩袖殷勤捧玉钟。当年拚却醉颜红。舞低杨柳楼心月,歌尽桃花扇影风。　　从别后,忆相逢。几回魂梦与君同。今宵剩把银𫓧照,犹恐相逢是梦中。

— 注释 —

* 玉钟:玉制的酒杯。

* 拚(pīn):舍弃,不顾一切。

* 剩:尽,只管。银𫓧(gāng):银灯。

— 品读 —

晏几道对感情有一种很深的投注。这首词中,上片回忆当年歌舞场中的欢乐情景,用了很多力量很重的字眼,如"殷勤",如"拚却"。那是一场淋漓酣畅的欢会:舞一直跳,直到楼上杨柳梢头的月亮渐渐低沉下去;歌一直唱,直到歌扇再也无力挥舞出阵阵香风。明明是回忆中的事情,却写得有声有色,如在目前,似实而虚。

下片写重逢的情景。那个歌舞翩翩、殷勤劝酒的女子让词人念兹在兹、无时或忘，分别以后常常想着再次相逢，以至屡屡梦见，在梦中与她相会。如今终于与梦中的女子相逢了，可是词人不敢相信这是真的，他手持银灯细细端详她的容颜，生怕这是一场梦。明明是写相逢的情景，却始终从梦境入手，去展现那种惊喜到难以置信的心情，似虚而实。"今宵剩把银釭照，犹恐相逢是梦中"，因为太过惊喜而不敢相信是真的，晏几道把这种普遍的心理描摹得极其生动。

生查子

官身几日闲,世事何时足。君貌不常红,我鬓无重绿。　　榴花满盏香,金缕多情曲。且尽眼中欢,莫叹时光促。

— 注释 —

＊榴花:此处指榴花酒,一种用石榴花汁酿的酒。金缕:乐曲名。

— 品读 —

晏几道只做过一些小官,并不像他的父亲一样位极人臣。但越是卑琐的官职,要做的事情就越是杂乱无聊。词人在这样的生活状态下,越发感受到时光的匆促,不禁去叩问生命的意义。叩问的结果是及时行乐,但并不像晏殊的"不如怜取眼前人"一样是理性思索之后的冷静选择,更像是无奈之下的一种自嘲:既然岁月无情,青春难驻,就斟满美酒,尽情歌唱,且尽眼前之欢吧。

其实大部分人都像晏几道一样,没有什么经天纬地的事业，生命中充满了遗憾。这个时候该如何安置自己的心灵，是一件很值得思索的事。及时行乐未尝不可，但最好不要放任自己一直沉溺于某种情绪之中，那样很容易陷于一些习惯性的自伤自怜。

阮郎归

旧香残粉似当初。人情恨不如。一春犹有数行书。秋来书更疏。　　衾凤冷,枕鸳孤。愁肠待酒舒。梦魂纵有也成虚。那堪和梦无。

— 注释 —

* 衾凤:被子上的凤凰图案。枕鸳:枕头上的鸳鸯图案。
* 那堪:怎堪,怎能忍受。和:连。

— 品读 —

晏几道词中充满了往事难凭、繁华易散的哀伤,充满了相思离别之苦。他是深于情者,深情之处令人触目惊心。

这首词也是在写对情人的思念。有情之人总是不如无情之物更牢靠,那人用过的香粉气味尚存,情意却早已生变。春天的时候还有信寄来,到了秋天甚至连消息都没有了。

这样无望的相思令词人愁肠百结,他看到凤凰、鸳鸯之类成双成对的图案就要触动愁绪,借酒浇愁,因为这段相思太过绝望:"梦魂纵有也成虚。那堪和梦无。"我知道梦是虚假的,但哪怕能做个梦也好——现实却更加残酷,连梦都做不到一个。从情感的层次上来看,这句"那堪和梦无"进一步加深了哀苦之情。

其实晏几道所写的相思离别之作对象不过是歌筵酒席之上的歌儿舞女,对象甚至都不止一人。词情哀苦如斯,实因天性之中有一段纯挚的痴情,发为文字,其缠绵悱恻之处极能动人。

临江仙

　　身外闲愁空满,眼中欢事常稀。明年应赋送君诗。细从今夜数,相会几多时。

　　浅酒欲邀谁劝,深情惟有君知。东溪春近好同归。柳垂江上影,梅谢雪中枝。

— 品读 —

　　清代的词论家冯煦说晏几道是"古之伤心人",小晏确实是一个对愁绪感触极其敏锐的人。"身外闲愁空满,眼中欢事常稀",本来就愁多乐少的他,甚至会预支愁绪。

　　这是一场能够预知别期的离愁,词人的朋友不知因何缘故,明年要离开。于是在他尚未离开的时候,词人已在细数能够相聚的时光了。

　　这位朋友应该称得上是知己,杯酒与他共饮,寸心与他相知。词人遥想即将到来的春日,想象与好友携手饱览春光,那时梅花开过,江边的垂柳摇动长长的枝条。这首词的后三句充满了希望,明知道是想象,读者却仿佛跟着他看到了那明媚的春天,会心一笑。在情意哀苦的小山词中,是少见的一抹亮色。

　　晏几道的词有一种真诚的力量,写离别相思口吻天真纯稚,能给人以深切的感染。

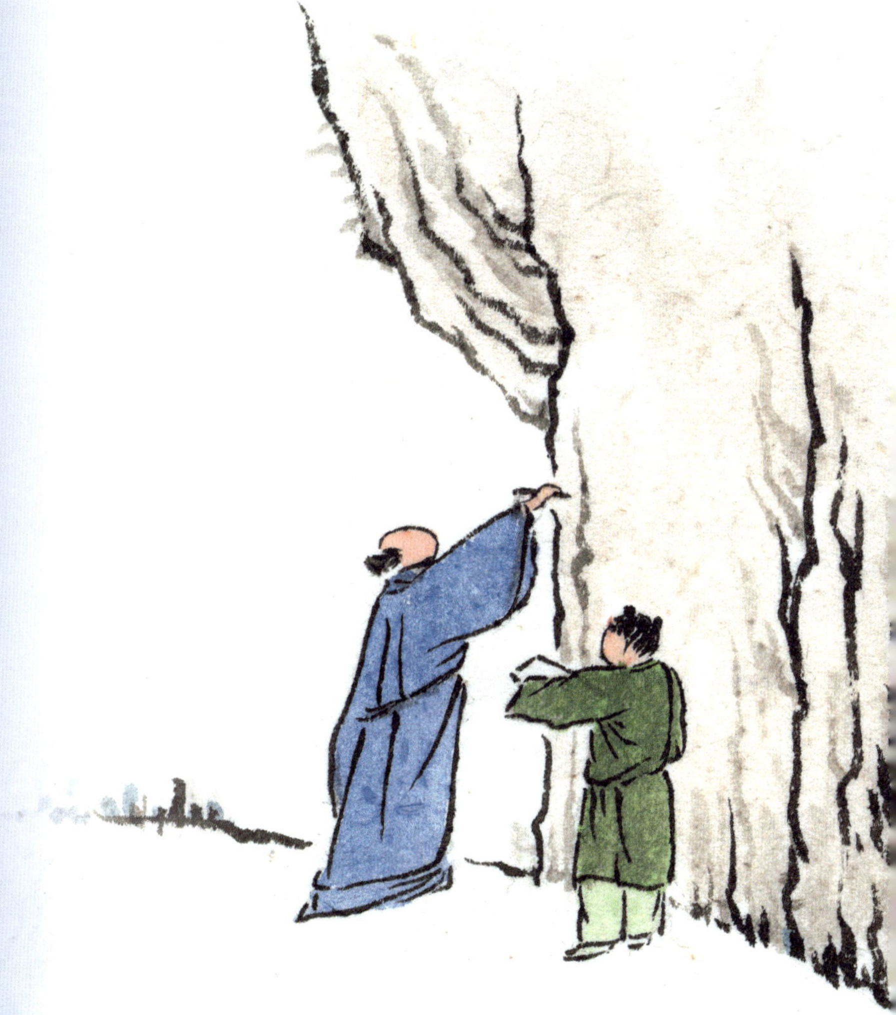

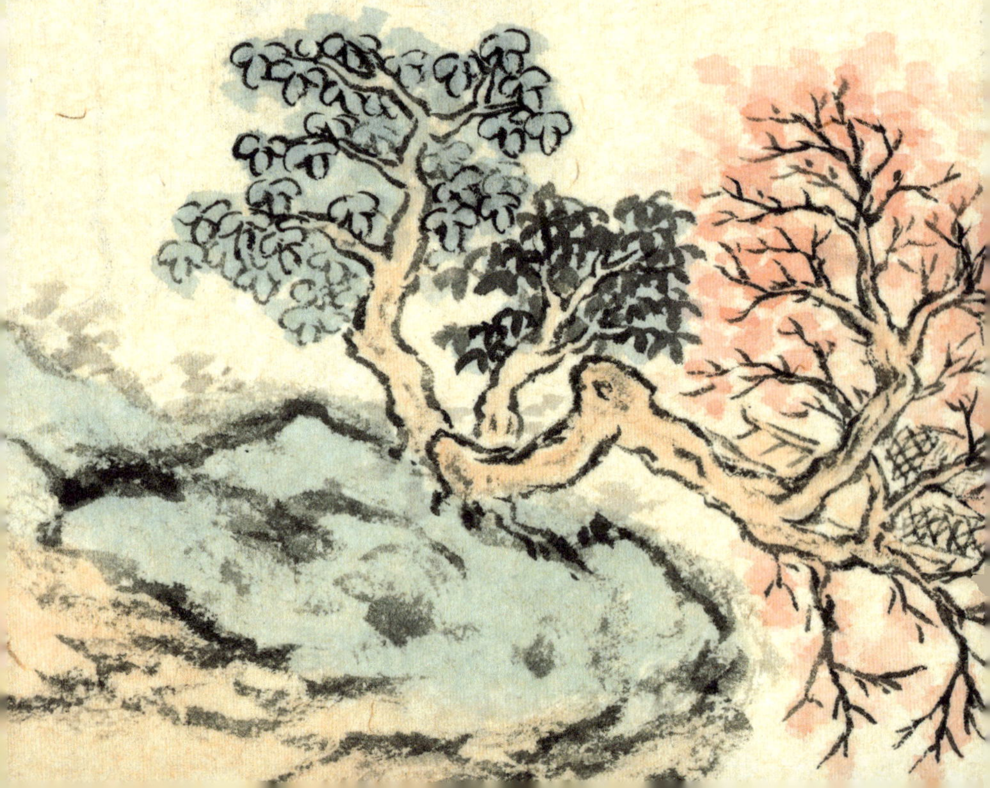

黄庭坚

(1045—1105)

字鲁直,自号山谷老人,一号涪翁,洪州分宁(今江西修水)人。宋治平四年(1067)进士,谥"文节"。山谷为江西诗派开山之祖,注重锤炼。其词不乏柔情绮丽之思,时见激昂排奡之气。

寄黄几复

我居北海君南海,寄雁传书谢不能。
桃李春风一杯酒,江湖夜雨十年灯。
持家但有四立壁,治病不蕲三折肱。
想见读书头已白,隔溪猿哭瘴溪藤。

― 注释 ―

* 黄几复:黄介字几复,黄庭坚好友。几复时任广州四会县令,山谷则在德州德平镇,二地皆在海边,故云"我居北海君南海"。

* "持家"句:《汉书·司马相如传》载:"家徒四壁立。"意为生活清苦。"治病"句:《左传》:"三折肱知为良医。"肱,胳膊从肘到肩的部分。《左传》中的话是说,胳膊折断三次,积累了医治和护理的经验,就知道如何做一个良医。蕲(qí),祈求。"治病不蕲三折肱"意为磨难已多,无须再经磨难。其时黄几复官所在偏远海滨,故有此言。

― 品读 ―

"桃李春风一杯酒,江湖夜雨十年灯。"写沧桑世变,写光阴无情,这句诗总能引起诸多的联想与感受。

"桃李春风"是鲜妍妩媚生机无限的时光，"一杯酒"是豪情万丈潇洒万端的相逢。"江湖夜雨"是幽冷寂静举目无人的境地，"十年灯"是逝水无声漫长无情的暌隔。你可曾有过飞扬肆意的少年时光？可曾有过念念在心的江湖知己？岁月淹及，如今又是何等处境？

　　诗人便是在遥寄旧友的时候产生了如此感慨。他与朋友相隔万里，音书不到，想到对方生活清苦，不禁恻然。想象对方白发苍苍挑灯夜读的时候，只有凄厉猿鸣透过瘴气缭绕的溪水遥遥相伴。此时回思"桃李春风"的往日，"江湖夜雨十年灯"真是苍凉瘦硬，感慨万端。

满庭芳

修水浓青,新条淡绿,翠光交映虚亭。锦鸳霜鹭,荷径拾幽蘋。香渡栏干屈曲,红妆映、薄绮疏棂。风清夜,横塘月满,水净见移星。　　堪听。微雨过,媻姗藻荇,琐碎浮萍。便移转,胡床湘簟方屏。练霭鳞云旋满,声不断、檐响风铃。重开宴,瑶池雪沁,山露佛头青。

— 注释 —

* 修水:水名,源出江西省修水县幕阜山。虚亭:水上的亭子。
* 屈曲:弯曲,曲折。薄绮疏棂:用轻薄罗绮装点的窗格。
* 媻(pán)姗:飘动的样子。
* 练霭:白练般的云气。鳞云:鱼鳞状的云。
* 佛头青:一种青色染料。

— 品读 —

这首词写的是家乡夏夜水上风光,意境清幽澄澈。

上片主要写自然景观。夏季植物生长繁茂,处处是浓绿的颜色,所以水光也是一片青碧。水上自在闲游着鸳鸯白鹭,荷花香气吹过栏杆,芳姿倩影便被月光映在窗棂上。"水净见移星"这一句,写明光映水,水中可见星影移动,美不胜收。

下片融入主观视角,听雨、移床、开宴,都是人物的活动。随着人物活动,词人有条不紊将雨后风光一一道来:水藻浮萍如何被雨水滴碎漂浮,天上云气如何变化,清风如何吹响檐下的风铃。经过雨洗的水塘更是爽气侵人,"瑶池雪沁"真令人遍体生凉。

词中并无深刻的情感体验,妙在写景鲜活,引人入胜,水光月色清风微雨,均是消夏良友。

鹧鸪天

座中有眉山隐客史应之和前韵,即席答之。

黄菊枝头生晓寒。人生莫放酒杯干。风前横笛斜吹雨,醉里簪花倒著冠。　　身健在,且加餐。舞裙歌板尽清欢。黄花白发相牵挽,付与时人冷眼看。

— 注释 —

* 黄花:即菊花。

— 品读 —

此词为酒席间酬赠之作,时在秋季,菊花凌寒而放,饮酒正宜尽欢。风雨来临,常人避之不及,词人却要"风前横笛斜吹雨",与东坡之"一蓑烟雨任平生"同其潇洒傲岸。而"醉里簪花倒著冠",更见放诞风流。

黄庭坚与苏轼一样宦海生波,经历过诬陷贬谪,不平之气郁塞于胸,发为文字,却表现出与苏轼完全不同的气质。这首词中的"黄花白发相牵挽,付与时人冷眼看"尤见牢骚颓放之意。一个饱经忧患的老人满头白发,却头插菊花,任由旁人冷眼相看。饮酒簪花原是乐事,此中却深有悲辛。

政治上的不得意,是古代文人经常面对的磨难,而磨难之下的反应最见性情。欧阳修"白发戴花君莫笑"与黄庭坚"黄花白发相牵挽"语意相近,都是以狂放写辛酸。欧词圆融自然,黄词则更有不平之意。但无论是黄庭坚、欧阳修还是苏轼,他们都拥有一种共同的能力:以文字将苦难推开一段距离,让自己不必沉浸其中。

虞美人·宜州见梅作

天涯也有江南信。梅破知春近。夜阑风细得香迟。不道晓来开遍向南枝。　　玉台弄粉花应妒。飘到眉心住。平生个里愿杯深。去国十年老尽少年心。

— 注释 —

* 宜州：今属广西。宋徽宗崇宁三年（1104），黄庭坚因《承天院塔记》一文被指为"幸灾谤国"，遣送宜州编管。
* 夜阑：夜深。
* 玉台：传说中天帝的居处。
* 飘到眉心：《太平御览·时序部》引《杂五行书》载："宋武帝女寿阳公主人日卧于含章殿檐下，梅花落公主额上，成五出花，拂之不去。"
* 个里：个中，此中。
* 去国十年：词人第一次受到贬谪是在宋哲宗绍圣元年（1094），距写作此词正好十年。

— 品读 —

  这首词借梅花写自己去国怀乡的怨情。上片点"见梅"之题,"天涯也有江南信",于偏远荒僻之地见到梅花,感受到春天的消息,有惊喜之意。因为夜深风细,没有及时闻到梅花的幽香,不料第二天一早,梅花已开遍向阳的枝头。"不道"二字惊喜之意更深,而"风细得香迟"则是十分细腻敏锐的体验。

  下片写见梅引起的怨情。词人以梅花自喻,当年盛放帝都,群芳见妒,不得已飘落人间,落于美人额上,活用寿阳公主梅花妆的典故,自然而有情韵。结尾二句直抒心中悲苦:十年辛酸历遍,少年心性早已沧桑,只得借酒消愁罢了。

  词中美感意蕴是多方面的,既有天涯知春欢欣快慰之情,也有屡受打击漂泊流离之恨。"老尽少年心"几字尤为痛切。一个人的天真、纯澈、鲜活,是遭遇了什么被消磨得沧桑、隐钝、低沉呢?这大概是每一个经过世事的人不堪一问的心路吧。

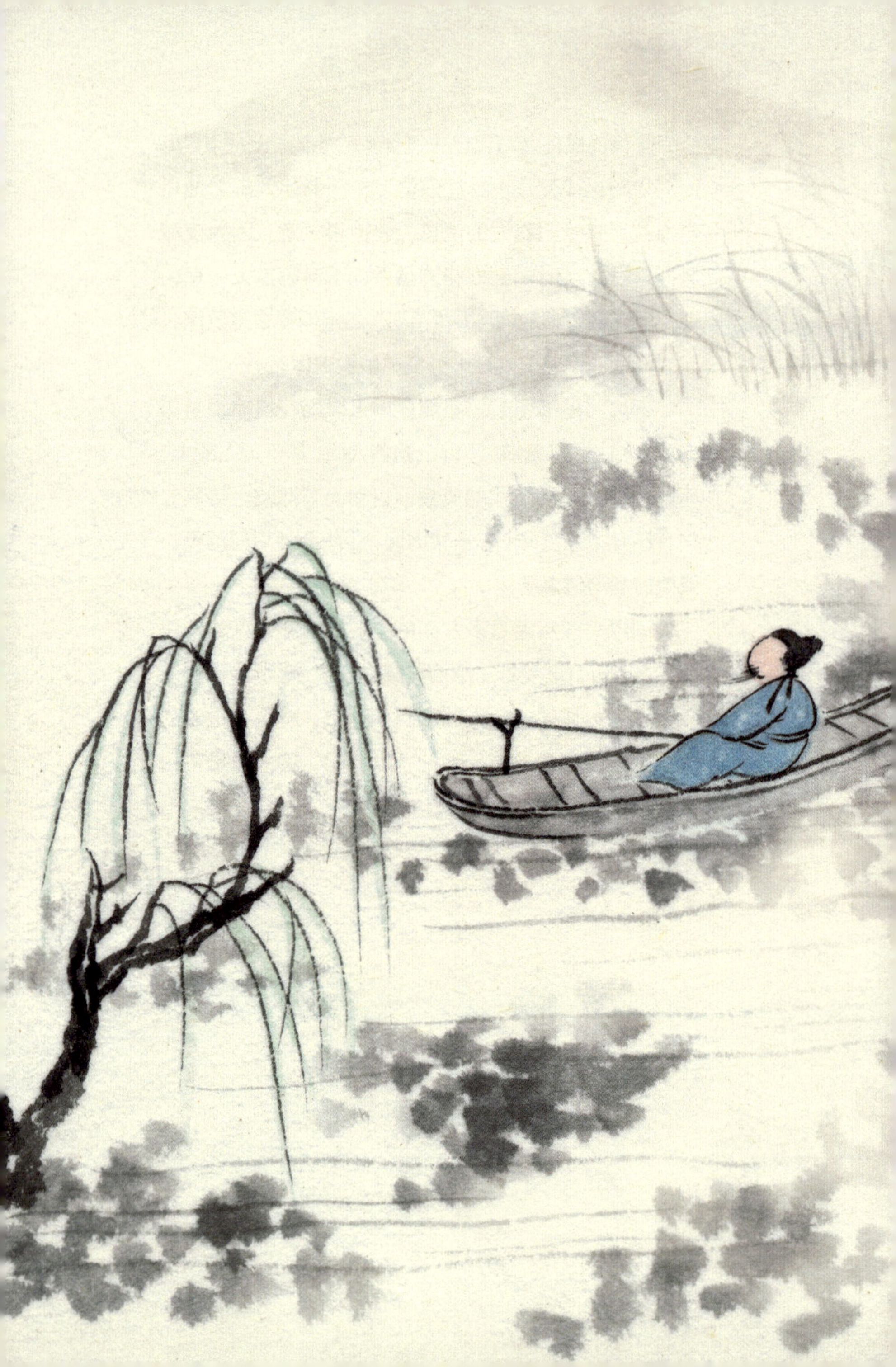

秦观

(1049—1100)

字少游,一字太虚,高邮人。宋元丰八年(1085)进士,官至秘书省正字兼国史院编修官。其词语隽情深,清淡有致。

减字木兰花

天涯旧恨。独自凄凉人不问。欲见回肠。断尽金炉小篆香。　　黛蛾长敛。任是春风吹不展。困倚危楼。过尽飞鸿字字愁。

— 注释 —

* 回肠：形容忧愁盘旋。
* 篆香：即盘香，形状像篆书字体。
* 黛蛾：指女子的眉毛。
* 飞鸿：飞行的鸿雁。

— 品读 —

　　秦观特别善于用具体的形象去表现抽象的情感。这首词写的是离恨，抒情主人公正在为孤独寂寞而伤心。自古写伤心之状常用"断肠"二字，这本是夸张的说法，伤心的时候"肠"如何"断"，这是谁也没有见过的。但是秦观让"断肠"有了一个具体的形象："欲见回肠。断尽金炉小篆香。"古人把香料做成篆文的形状，篆香在香炉中燃尽以后，香灰就断成一截一截的，岂不正像伤心人"断肠"的样子？"断尽"两字口吻斩截，香灰寸断碎成渣子，如此形象，甚至连痛觉都清晰可感，于是这种痛切的心情就变得十分具体。

  时值春日，骀荡春风也吹不展女子紧锁的愁眉。她独立于小楼之上望着天边的鸿雁，一字一行都是愁情。词中凄婉可怜的相思，力量俱见于"断尽金炉小篆香"这一句之中。

纳凉

携杖来追柳外凉,
画桥南畔倚胡床。
月明船笛参差起,
风定池莲自在香。

— 注释 —

*胡床：一种轻便坐具。

— 品读 —

  夏日可畏，阴凉难得，诗人拄杖来到柳树下，"追"字表现了那种急切的心情，很是生动。

  等诗人在柳荫下的胡床上坐下来，被暑热迫出的急切散去，终于可以悠然惬意，慢慢享受这段安闲时光了。"携杖来追柳外凉，画桥南畔倚胡床"，这两句一急一缓，表现出人在不同环境下的不同心情。

  诗人就这样倚在柳荫下休息，直到日落月升，夜晚更加幽静，暑气也完全消散，他听到水上有笛声响起，看到荷花静静开放，清香弥散。"自在"二字是荷花的情态，更是人的心境——逃离了自己所抗拒的环境以后，终于舒心适意。

　　这首诗虽只写了夏日纳凉的小事，但意境优美，景见人心，盛夏读之，恰如酷暑中的一片绿荫。

鹊桥仙

纤云弄巧,飞星传恨,银汉迢迢暗度。金风玉露一相逢,便胜却、人间无数。

柔情似水,佳期如梦,忍顾鹊桥归路。两情若是久长时,又岂在、朝朝暮暮。

— 注释 —

* 纤云:纤细的云。飞星:流星。银汉:银河。
* 金风:秋风。玉露:秋天的露水。

— 品读 —

即便不熟悉秦观的人,也一定知道这句"两情若是久长时,又岂在、朝朝暮暮"。

这首词咏七夕,牛郎织女鹊桥相会的典故人所共知,秦观也在这里表现了他们的离别之苦。隔着浩渺的银河,中间轻云变幻,望不到所思之人,把情意托流星传递。

然而这首词高妙之处,正在于不仅仅对牛郎织女表示同情。他们虽然一年一会,但"金风玉露一相逢,便胜却、人间无数",与人世间无数浑浑噩噩的痴愚男女相比,真正领略过爱情真谛的牛郎织女是有资格骄傲的。他们的相会是如此美好,"柔情似水,佳期如梦",分别的时候依依不舍。但是即便还要分别,这种情意也不会因为时间和距离而淡化。

比之朝朝暮暮的相守,词人盛赞了牛郎织女情感的质量——那是一种能够打败时间与距离的深挚坚贞的情感,这也是牛郎织女的故事传颂不休的原因。

阮郎归

　　湘天风雨破寒初。深沉庭院虚。丽谯吹罢小单于。迢迢清夜徂。　　乡梦断,旅魂孤。峥嵘岁又除。衡阳犹有雁传书。郴阳和雁无。

— 注释 —

* 湘天:泛指今湖南一带。
* 虚:空。
* 丽谯:城门上的鼓楼。小单于:乐曲名,军中号角常奏此曲。
* 迢迢:漫长。徂:往。
* 峥嵘:形容岁月逝去。
* 衡阳:在湖南,相传北雁南飞,至此而止。

— 品读 —

　　宋哲宗绍圣四年(1097),秦观贬居郴州,除夕之夜,词人在孤寂和寒冷之中写下了这首描述旅怀的作品。

　　一天风雨,更增寒意,空无一人的庭院里,隐隐有角声传来,漫漫长夜,就在如此凄凉的况味中过去。

　　这样的环境下,词人无疑是难以入眠的了。他被贬谪到此，心境本恶，身边又无一个亲人，岁暮天寒，本来应该合家团聚的除夕之夜，只有他一个人孤身在外，连亲友的书信都难以收到，心中酸楚可想而知。

最后两句是全篇名句，巧妙运用了鸿雁传书与雁到衡阳的典故——北雁南飞至衡阳为止，郴阳更在衡阳之南，自然更无鸿雁，也就更无家书音信了。悲伤愁苦，至于绝望。

少游词心凄苦，至于凄厉，政治上遭受的打击给他的心境带来难以消解的伤害。与晏几道一起被称为"古之伤心人"的他，名句与小山词中的"梦魂纵有也成虚。那堪和梦无"有异曲同工之妙。

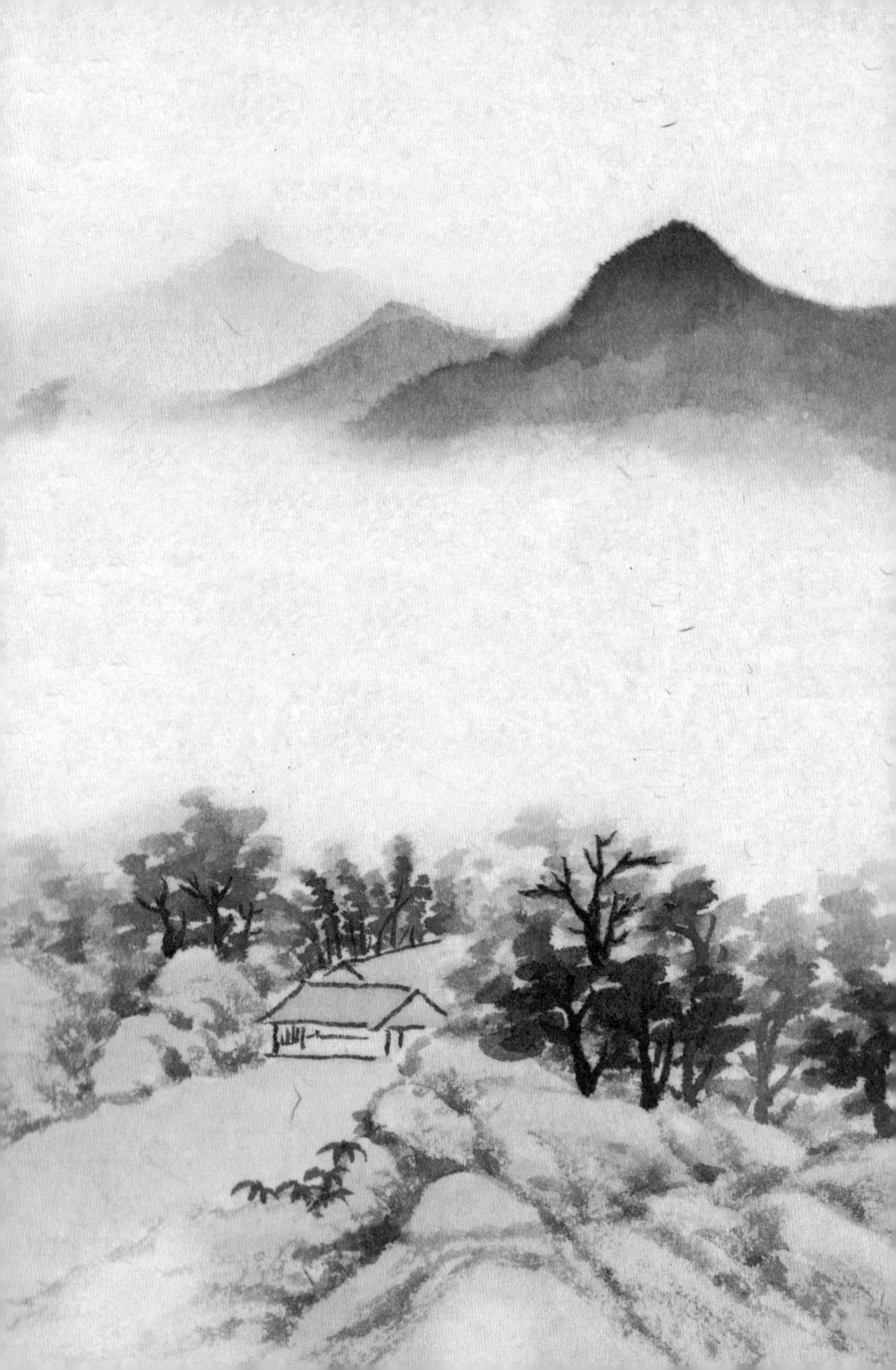

周邦彦

(1056—1121)

字美成,自号清真居士,钱塘(今浙江杭州)人。曾官秘书省正字,史传称其曾进徽猷阁待制,提举大晟府,审定古调,卒赠宣奉大夫。其词多用赋法,气格浑厚,善于铺叙勾勒。精通音律,善自度曲。

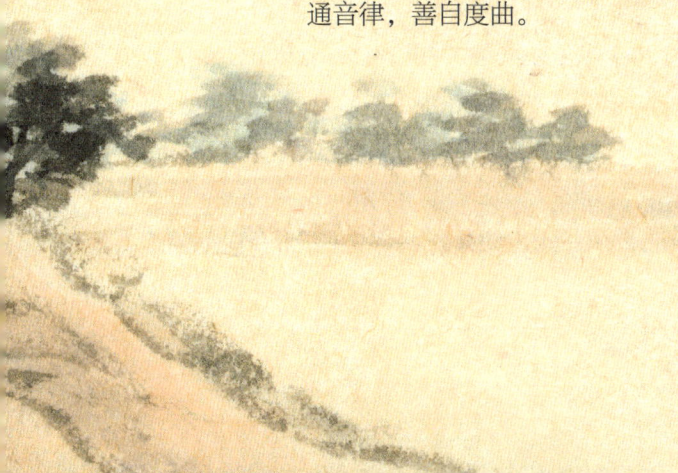

解连环

怨怀无托。嗟情人断绝,信音辽邈。纵妙手、能解连环,似风散雨收,雾轻云薄。燕子楼空,暗尘锁、一床弦索。想移根换叶。尽是旧时,手种红药。　　汀洲渐生杜若。料舟依岸曲,人在天角。漫记得、当日音书,把闲语闲言,待总烧却。水驿春回,望寄我、江南梅萼。拚今生,对花对酒,为伊泪落。

— 注释 —

* 解连环:《战国策·齐策六》载:"秦昭王尝遣使者遗君王后玉连环,曰:'齐多智,而解此环否?'君王后以示群臣,群臣不知解。君王后引锥椎破之,谢秦使曰:'谨以解矣。'"

* 燕子楼:唐张建封(一说张建封之子张愔)安爱妾盼盼于燕子楼,张死后,盼盼独居楼上,誓不他适。弦索:指弦乐器。

* 红药:红色的芍药。《诗经·郑风·溱洧》:"维士与女,伊其相谑,赠之以芍药。"芍药在古诗词中也是爱情的象征。

* 汀洲:水中小洲。

* 舟依岸曲:指船随着河道的走向行进。天角:即天涯海角,指很远的地方。

* 总:此处意为"纵""虽"。

— 品读 —

周邦彦词极能言情,这首《解连环》写男女之间复杂的情愫,抽丝剥茧,极尽其妙。

词的上片写情变,词中女子毅然绝情,于是玉连环解,燕子楼空,这段感情也如风雨飘散,云雾缥缈。当年亲手种下的象征着爱情的红芍药也"移根换叶",种种形象都暗示着两人关系的改变。

下片写遭遇情变的男子一番千回百转的心情。他对伊人不能忘怀,想要摘下杜若送给她,却不知道她此时人在何处。想到对方种种绝情之处,一时发狠想要烧掉两人轻怜密爱时的书信。然而情之为物,却有许多不可理喻、反复无常之处。刚刚说出了"待总烧却"那样的狠话,看到春回大地,心有所感,还是希望得到对方的消息。"望寄我、江南梅萼"的痴想,真是情意可怜。他终于意识到自己已经陷在这段感情中不可自拔,"拚今生,对花对酒,为伊泪落",我不惜拼尽这一生,对着繁花和美酒为她落下眼泪。百般怨恨,百般纠结,最后仍归结为一股难以抑制的深情。

爱情是古诗词中常见的题材,这首词情感表现之细腻、心理变化之曲折,实在极为少见。而"水驿春回,望寄我、江南梅萼",又实在是一句可赏的佳句,它所带来的那种美好的怀想,是可以脱离这首词而独立存在的。

苏幕遮

燎沉香,消溽暑。鸟雀呼晴,侵晓窥檐语。叶上初阳干宿雨。水面清圆,一一风荷举。

故乡遥,何日去。家住吴门,久作长安旅。五月渔郎相忆否。小楫轻舟,梦入芙蓉浦。

— 注释 —

* 溽暑:闷热潮湿的暑气。
* 侵晓:拂晓。
* 宿雨:昨夜的雨。
* 吴门:泛指吴越一带,包括词人的家乡钱塘。

— 品读 —

周邦彦的词以典雅精工、思致绵密著称,这首小令却清新自然,别有风味。湿热的暑日一向令人难耐,而词中的景物与情思却展现出圆融清幽的境界。

昨夜下了雨,燥热中带着湿气更令人难受,于是点一炉香散去湿热的暑气。早晨有一群鸟儿在檐前叽叽喳喳地鸣叫,太阳出来了,阳光晒干荷叶上的雨水,微风过处,荷叶轻轻摆动。"水面清圆,一一风荷举"

二句，极能摹写荷之风神。上片的景物活泼灵动，清清爽爽。

　　下片漫起乡关之思，词人久客长安，想起五月的钱塘，渔人轻舟一荡，驶到荷花深处去了。魂牵梦萦的家乡，有着屡入游子梦中的风物，这句"小楫轻舟，梦入芙蓉浦"恬淡俊雅，风致绝佳，那渔船荡开的涟漪犹如情丝一缕，心上一痕。

玉楼春

桃溪不作从容住。秋藕绝来无续处。当时相候赤阑桥,今日独寻黄叶路。　　烟中列岫青无数。雁背夕阳红欲暮。人如风后入江云,情似雨余黏地絮。

— 注释 —

* 桃溪:水名,在合肥,源出六安州界,入巢湖。又暗用刘晨、阮肇入天台山,摘桃果腹、溪边遇女仙事。

* 赤阑桥:桥名,在合肥。

* 列岫:排列耸立的山峦。

— 品读 —

这首词写一种缠绵深刻的相思之苦。昔日梦幻般的美好相遇好景难留,如今情人断绝,如秋藕断成两截。"藕断丝连"常用来形容情丝难断,此处反其意而用之,令人倍感情断之伤痛。词人回忆当年的相聚,是在春水绿波、杨柳依依的赤阑桥畔,如今踽踽独行,却是在黄叶飘零的孤寂小路上。上片的四句两两相对,都含有对照的意味。

下片写眼前一带青山，鸿雁朝日暮斜阳处飞去，令人联想到无可奈何的消逝。词人再次感慨那段失落的感情："人如风后入江云，情似雨余黏地絮。""入江云"言一去不回的情人，"黏地絮"言缠绵不已的情意，比喻精当而形象。

　　这首词动人之处除了意境的营造，亦在于声音的节奏。全词句法整齐，又全用对句，押去声韵，语气斩截，虽写缠绵情思，却颇得"重、拙、大"之致。

少年游·感旧

并刀如水,吴盐胜雪,纤指破新橙。锦幄初温,兽烟不断,相对坐调笙。　　低声问向谁行宿,城上已三更。马滑霜浓,不如休去,直是少人行。

— 注释 —

* 并刀:并州产的剪刀,以锋利著称。吴盐:吴地产的盐,质地洁白。古人吃橙子喜欢蘸细盐。
* 锦幄:锦制的帷幄。兽烟:兽形香炉中所燃的香。
* 谁行:谁家,谁那里。
* 直:假定之辞,即使。此句谓即使有夜行之人也很少。

— 品读 —

这首词上片写情人相对,场景温馨融洽。橙皮用剪刀划开,女子用纤细的手指剥好橙子,蘸上细盐食用。器物精致,更显人之亲昵殷勤。帷帐被熏香熏暖了,一对情人相对而坐,能够"坐调笙",想必都是妙解音律,可以知情解意的。

如此良人,如此良夜,自然是不忍分离。不知不觉城头已敲响三更的更鼓,夜深了,女子问情郎今夜要在哪里留宿。她是多么渴望情人能留下呀,对他说:"外面天寒地冻,霜重路滑,你骑马出去恐怕不安全,不如就留下吧,你看这寒冬深夜,外面能有几个人呢?"

"马滑霜浓,不如休去,直是少人行。"这几句声情口吻痴意可怜,与上片温馨相对的场景合观,更见柔情厚意。小词而层次井然,情意不尽,是词人难得之处。

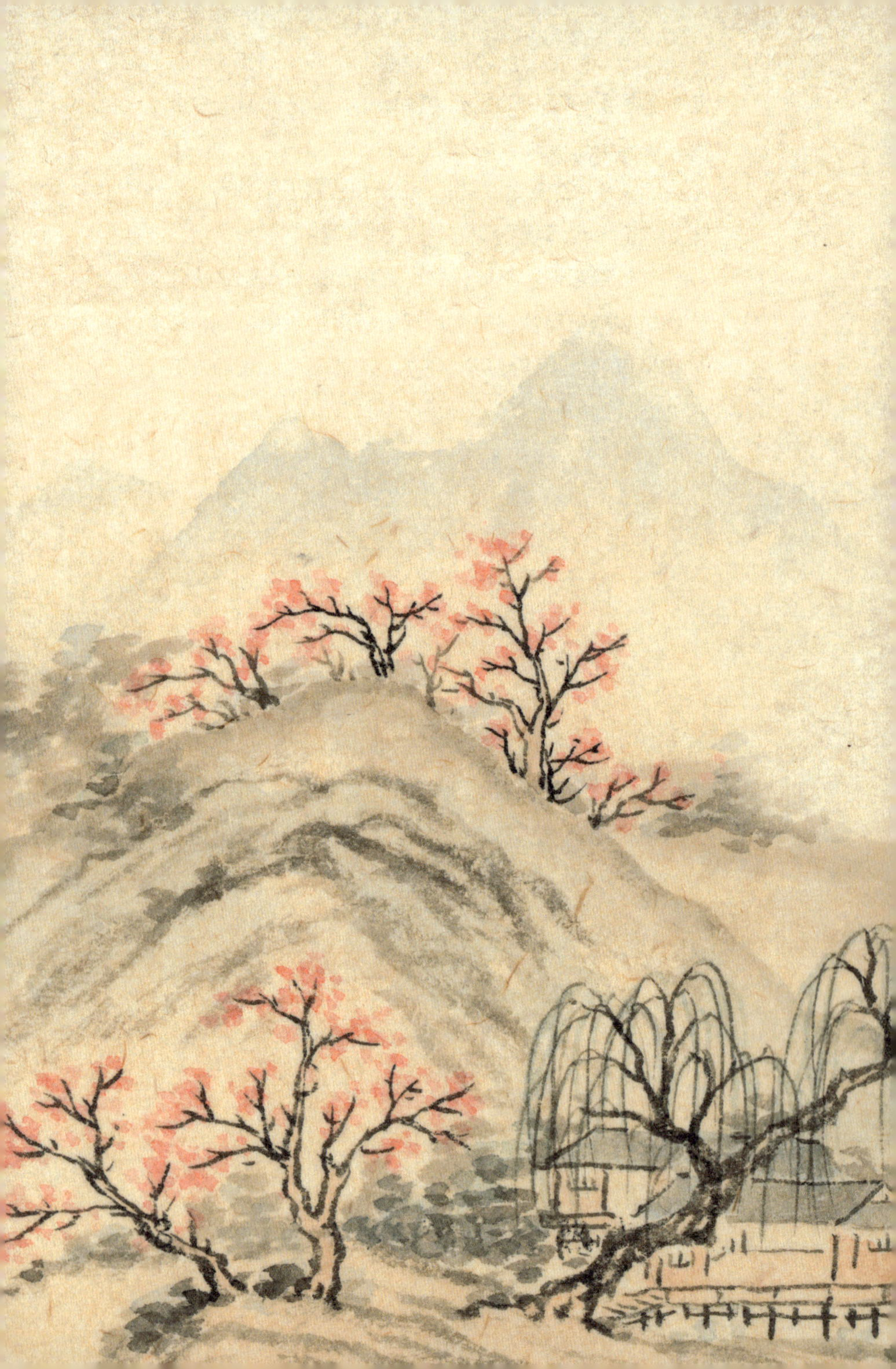

李清照

(1084—1155？)

号易安居士,济南章丘(今属山东)人。李格非之女,有才藻,善属文,工诗,能书画,尤善作词,年十八嫁与太学生赵明诚,夫妻志趣相投,感情甚笃。南渡以后,国破家亡,李清照流寓南方,境遇孤苦。其词以寻常语度入音律,炼句精巧,自然清切,内蕴丰富,号称"易安体"。

如梦令

昨夜雨疏风骤。浓睡不消残酒。试问卷帘人，却道海棠依旧。知否。知否。应是绿肥红瘦。

— 注释 —

* 卷帘人：指侍女。

— 品读 —

李清照的"绿肥红瘦"历代为人称道，它究竟妙在何处？

这首词与孟浩然的《春晓》有异曲同工之妙，都是一夜风雨春睡之后关怀窗外花木的变化，而李词更加委婉曲折，细腻入微。

词人清早醒来——还是醉酒"浓睡"之后醒来，关心的第一件事是窗外的海棠花如何了。因为她昨夜隐约听到风雨之声，所以迫不及待地询问侍女。侍女懵然不觉，只说"海棠依旧"。词人却并不同意，以急切的口吻说道"知否。知否。应是绿肥红瘦"。经了风雨的海棠，应该是绿叶更加丰润，红花零落凋残了呀。

"卷帘人"卷起帘子亲眼去看，并未发觉海棠花的变化；词人尚未梳洗起身，却已经察觉到"绿肥红瘦"。这四个字的妙处，除了生动形象，更在于那种细腻敏锐的体验。

这是一种属于诗人的锐感，伟大的诗人必有一颗善感的灵心，所以孟浩然会想到"夜来风雨声，花落知多少"（《春晓》），杜甫会想到"一片花飞减却春，风飘万点正愁人"（《曲江二首》其一）。这种锐感看似是无用的点缀，其实却是一切美善之德的根源。因为只有拥有感受的能力，才会拥有关怀的能力。倘若麻木淡漠，对周遭世界视而不见，便谈不上爱赏万物、关怀众生。

如梦令

常记溪亭日暮。沉醉不知归路。兴尽晚回舟,误入藕花深处。争渡。争渡。惊起一滩鸥鹭。

— 注释 —

* 溪亭:临溪的亭子。一说山东济南名泉。
* 藕花:荷花。

— 品读 —

如果说少妇时期的李清照尚有一番闲愁,少女时期的李清照则是纵情恣意的快乐。

少女们结伴出去游玩,溪亭风光秀美,再喝些酒,更是醺然欲醉,流连忘返。不知不觉中,天已快黑了。女孩子们急着回家,谁料急中生乱,反把船划入了荷花深处。盛夏荷花生得密,水底下根蔓交织,小船更加划不动。女孩子们一边笑闹一边奋力划船,惊得一群水鸟振翅高飞。

很生动的一首小词,充满健康爽朗的味道,那是少女李清照活泼丰盈的生命质地。它会让人想起无忧无虑尽情玩耍的少年时光,与三五好友畅情适意,尽兴而归。这样美好的时光在一个人漫长的生命中是少见的，也是不可或缺的。我们咽下生活的苦，是因为还可以期待这一点甜。

声声慢

　　寻寻觅觅,冷冷清清,凄凄惨惨戚戚。乍暖还寒时候,最难将息。三杯两盏淡酒,怎敌他、晓来风急。雁过也,正伤心,却是旧时相识。　　满地黄花堆积。憔悴损,如今有谁堪摘。守著窗儿,独自怎生得黑。梧桐更兼细雨,到黄昏、点点滴滴。这次第,怎一个、愁字了得。

— 注释 —

＊将息:调养休息。

— 品读 —

　　看到这首词,我们便知道李清照已进入了她人生的秋天,春华骤歇,寂寞飘零。
　　靖康之难后,李清照国破家亡,往昔欢爱已成云烟,繁华安乐俱各消亡,触目皆是凄凉景象,"寻寻觅觅,冷冷清清,凄凄惨惨戚戚",像是一个憔悴凄伤的女子在喃喃低语。前人盛赞这十四个叠字如"公孙大娘舞剑手",如"大珠小珠落玉盘",形容它精彩巧妙,声音谐美。而我们看到这十四个字的时候,总是会忘记它形式上的美,而直接被那种感伤的情绪所笼罩,仿佛看到了一串跌落的泪珠。

　　李清照的春词之中也有离愁别绪,但是那时的愁绪只是因为与爱人小别,哀苦之中有甜蜜的柔情,有灵动的生气。而此时此刻的李清照所面对的已经不是无关紧要的闲愁,不是可以期待重见的生离,而是毫无希望的看不到尽头的哀痛,所以说"怎一个、愁字了得"。

清平乐

年年雪里。常插梅花醉。挼尽梅花无好意。赢得满衣清泪。　　今年海角天涯。萧萧两鬓生华。看取晚来风势，故应难看梅花。

— 注释 —

* 挼（ruó）：抚玩。
* 萧萧：头发花白稀疏的样子。

— 品读 —

人生的悲哀，总逃不过"物是人非"四字。

升平岁月里，冬天的风雪也无法冷却一个人的兴致和热情，李清照不知有多少次，曾为梅花醉不归。而今再赏梅花，却只有泪落沾衣。

这一年，战乱中的李清照想将自家幸存的文物献给朝廷，一路追随行在，流离海角天涯。她已经年近五十，芳华早过秋暮，快要同枯寂的冬天一道衰朽了。她觉得梅花无法再抵御寒冬的朔风，会在这个严酷的季节被摧残零落。

"风势"亦是金人南侵、形势严峻的一种象征。

人事如何变迁,四时花木不改其容,故而不是无花可赏,而是身遭乱离之后失去了赏花的心情。

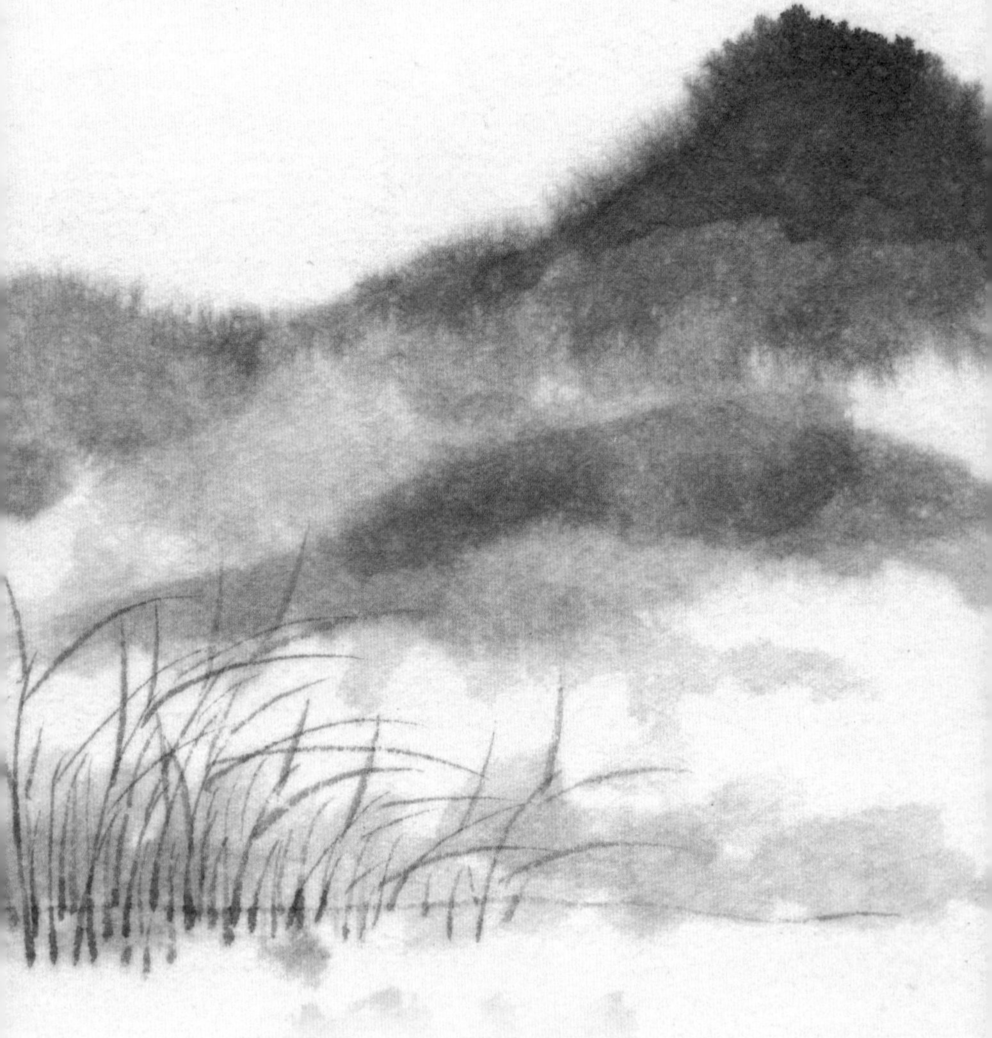

杨万里

(1127—1206)

字廷秀,吉州吉水(今属江西)人,以"诚斋"自名书室,世称"诚斋先生"。宋绍兴二十四年(1154)进士,曾官太常博士,秘书少监,谥"文节"。以诗著名,取材自然,新鲜活泼,涉笔成趣。

新柳

柳条百尺拂银塘，
且莫深青只浅黄。
未必柳条能蘸水，
水中柳影引他长。

— 注释 —

* 银塘：清澈美丽的水塘。

— 品读 —

　　柳树大概是树木中最姿态横生的一种，细细的柳叶，长长的柳条，温柔妩媚，风致万千。

　　早春时节，水边的垂柳还是浅黄颜色，这抹娇嫩的浅黄是新生的象征，而颜色转为青碧，则代表着柳树已老，春意将阑，所以诗人叮咛道"且莫深青只浅黄"。时节的推移虽然不会被人的主观愿望所左右，但我们可以从这句叮咛中感受到诗人对美好春光的爱惜。

　　杨万里作诗最得"趣"字，写柳枝拂水这样常见的情境，写得妙趣不凡。"未必柳条能蘸水，水中柳影引他长"，岸上的柳条与水中的倒影牵牵挽挽，摇光弄影,绿成一片,"引"字有一种呼唤的意味,生命被唤醒,在春光中蓬勃生长。诗的题材很普通,但诗人下笔有情,画面便分外亲切生动。

暮热游荷池上五首·其三

细草摇头忽报侬,
披襟拦得一西风。
荷花入暮犹愁热,
低面深藏碧伞中。

— 注释 —

*侬:此处指"我"。披襟:敞开衣襟。

— 品读 —

　　这组诗一共五首,前两首有"荷不生风水不香""追凉不得浑闲事"之句,写暑热寻凉风而不得的苦恼。

　　这第三首,写的是终于等到了盼望已久的凉风。诗人看到细草摇动,好像是风在向他报告:"我来了!"于是他心怀大畅,敞开衣襟临风而立,尽情享受这一霎清凉。

　　在杨万里的诗中,一草一木俱有灵性,风来了,细草会向他报告,感到热,荷花会自寻地方乘凉。"荷花入暮犹愁热,低面深藏碧伞中",这两句也极为可爱:被晒了一天的荷花低垂发蔫,又被风吹得摇晃,在诗人眼中却是自行低了头,自行寻找避暑的地方——碧绿肥大的荷叶自然是遮阳伞了。

　　诗人仿佛有一双孩子的眼睛,花花草草,四时风物,在他看来都有天真趣味。他乘凉、吹风、赏景,也都是带着一股兴致勃勃跃跃欲试的心情,令人读来轻松愉悦。

秋凉晚步

秋气堪悲未必然,
轻寒正是可人天。
绿池落尽红蕖却,
荷叶犹开最小钱。

— 注释 —

＊红蕖（qú）：红荷花。

— 品读 —

　　秋天摇落堪悲，但也不是所有写到秋天的诗词都带着一股伤感味道，比如刘禹锡的"自古逢秋悲寂寥，我言秋日胜春朝"，比如杨万里的"秋气堪悲未必然，轻寒正是可人天"。

　　秋高气爽，凉意飒然，比之盛夏酷暑，更令人襟怀舒畅。

　　何况秋天亦有秋天的美景，碧绿的池塘中，荷花已经凋落殆尽，但荷叶却绿意欣然，甚至还有新生的嫩叶，圆圆的，只有铜钱大小。

　　这首诗的后两句有一股生生不已的气机，更有一种豁达乐观的态度。别说还有荷叶堪赏,就算天气再冷些,也有苏轼说"荷尽已无擎雨盖,菊残犹有傲霜枝"。

  光阴往来,时节流转,悲喜自在人心,只要有一颗爱赏世界的心,就像王安石诗中说的,"但令心有赏,岁月任渠催"。

夜泊平望二首·其一

夜来微雪晓还晴,
平望维舟嫩月生。
道是烛花总无恨,
为谁须暗为谁明。

— 注释 —

* 平望:地名,在今苏州市吴江区内。

* 维舟:系船停泊。

* 须:一会儿。

— 品读 —

　　这首诗是诗人自杭州赴建康(今南京)任途中所作,开头两句描述了一路经行的景色。

　　昨夜下了小雪,快天亮的时候天色终于放晴,把船停靠在平望这里暂时歇息,就看到天边浅浅的月亮。那是雪后初晴方始见到的月亮,因为天色将明,月色也不会如夜间那样明亮了,"嫩"字在此形容那种浅淡微弱的月色十分贴切。

　　杨万里的诗多有闲趣,但他毕竟生当南宋国势日非之时,这一日在转官的途中,在清寒的雪月之下,他也流露出一些伤怀情绪。

诗人最善情景相生,此时的杨万里看着忽明忽暗的烛火,想到它虽是无情之物,可这明灭变化恰如人起伏不定的心绪。这首诗的情境虽不是杨万里典型的轻快爽朗,但情意浓、体物细,是一以贯之的。

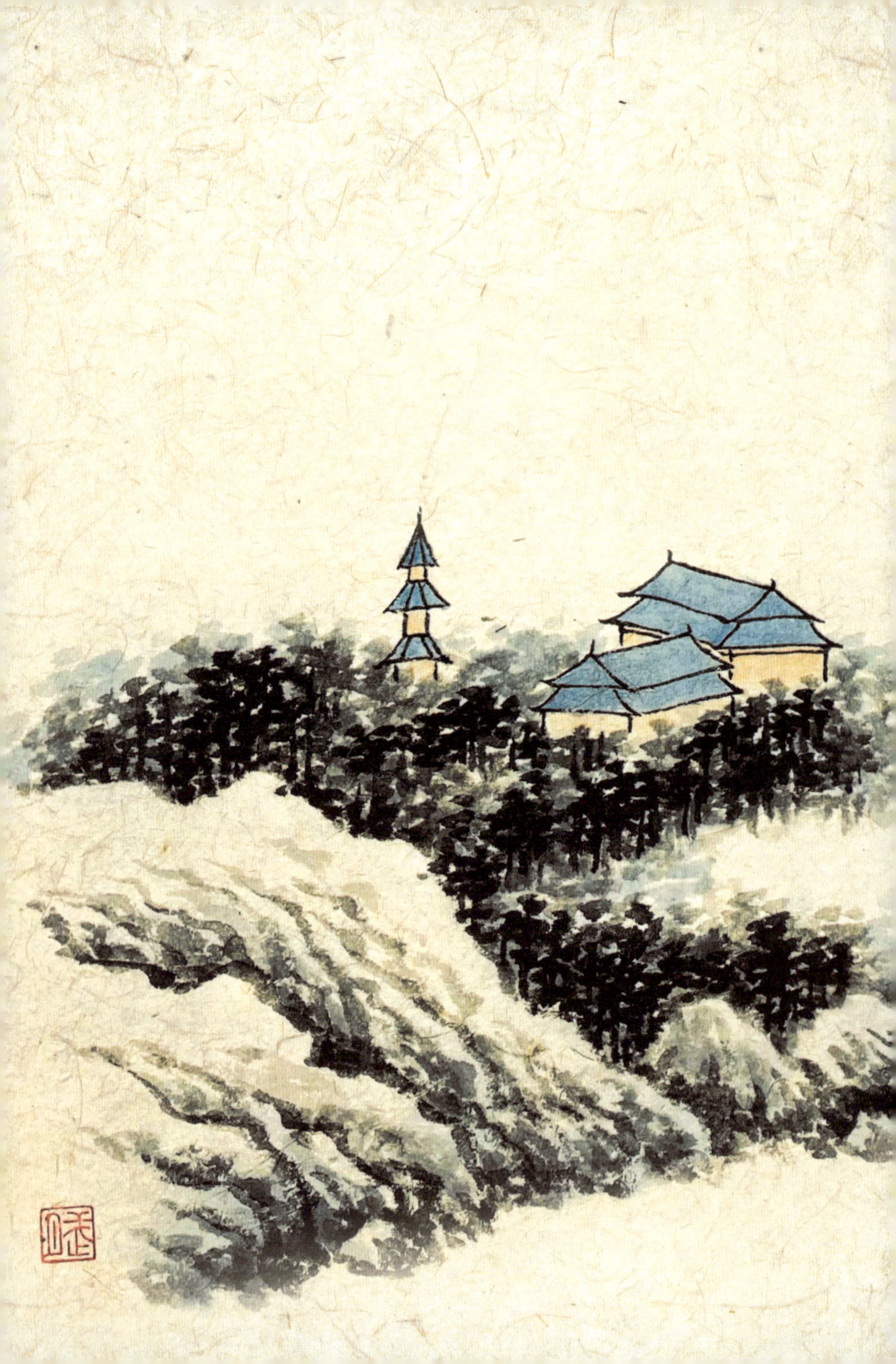

辛弃疾

(1140—1207)

字幼安,号稼轩,济南历城(今山东济南)人。少领义军投南,屡上抗金策论,矢志复国。不得朝廷重用,多在地方官任上流转,含恨而殁。其词善用典故,笔力纵横,多抒发爱国情思,壮怀激烈,亦有缠绵妩媚、清新自然、清刚隽爽等风格,诸体皆善。

摸鱼儿

淳熙己亥,自湖北漕移湖南,同官王正之置酒小山亭,为赋。

更能消几番风雨。匆匆春又归去。惜春长怕花开早,何况落红无数。春且住。见说道、天涯芳草无归路。怨春不语。算只有殷勤,画檐蛛网,尽日惹飞絮。　　长门事,准拟佳期又误。蛾眉曾有人妒。千金纵买相如赋,脉脉此情谁诉。君莫舞。君不见、玉环飞燕皆尘土。闲愁最苦。休去倚危栏,斜阳正在,烟柳断肠处。

— 注释 —

* 画檐:有画饰的屋檐。
* "长门"句:司马相如《长门赋序》载:"孝武皇帝陈皇后,时得幸,颇妒。别在长门宫,愁闷悲思。闻蜀郡成都司马相如天下工为文,奉黄金百斤,为相如、文君取酒,因于解悲愁之辞。而相如为文以悟主上,陈皇后复得亲幸。"
* 玉环:唐玄宗宠妃杨玉环。飞燕:汉成帝皇后赵飞燕。

— 品读 —

辛弃疾一生以恢复失地为己任，奈何壮志难酬，一副似火肝肠，俱见于长短句之中。

这首《摸鱼儿》上片是惜春之辞。风雨送春归去，词人眷恋不舍，竟至"惜春长怕花开早"，拳拳心肠深可感动。唤春不回，却有一只蜘蛛，整日殷勤织网，徒劳地试着粘住几点飞絮，挽留逝去的春光。当时的南宋朝廷偏安已久，北伐又以失败告终，国势衰颓，一如春色阑珊。而那只殷勤织网试图留住春天的蜘蛛，正是词人自己一片热肠，知其不可为而为之，极力想要挽救国家命运的象征。

下片活用典故，以陈皇后为遭到谗毁而被君王疏远的君子，以玉环、飞燕为佞幸小人。"闲愁最苦"，"苦"的既是上片的伤春之情，也是下片蛾眉见妒的苦闷之情，而这一切又都隐喻着词人对国家命运的关切和对自身遭遇的悲慨。结尾明写春色堪伤，暗写国家的前途与命运不堪一望。

全词感情沉郁拗怒，而文字缤纷柔美，深得词体之妙。

鹊桥仙·己酉山行书所见

松冈避暑。茅檐避雨。闲去闲来几度。醉扶孤石看飞泉,又却是、前回醒处。

东家娶妇。西家归女。灯火门前笑语。酿成千顷稻花香,夜夜费、一天风露。

— 注释 —

* 归女:嫁女。古称女子出嫁为"归"。

— 品读 —

此词作于稼轩乡村闲居之时,写醉后闲行所见。

上片见的是孤石飞泉,清幽冷淡,词人的自我形象比较突出。这里是词人居住已久的地方,哪里有松荫可以乘凉,哪里有屋檐可以避雨,都一清二楚。这一夜他喝醉了酒,扶着石头看山间的泉水,发现此处非常熟悉——原来上一次喝醉也曾在此休息过。稼轩写山居的作品常常流露出一种与万物有情、与自然无间的情怀,正如他的一首《鹧鸪天》词中所说:"一松一竹真朋友,山鸟山花好弟兄。"他是真的将自己的身心与山水自然融为一体,山水沾染了词人的精神,也愈加凛凛有神。

  下片见的是农村嫁娶的热闹场面和长势喜人的稻田，非常具有生活气息。耕种丰收，男婚女嫁，这样再平常不过的场面却是太平盛世才有的烟火人间。稼轩一生心血倾注，为的便是中原大地处处有稻花千顷，有男耕女织。"酿成千顷稻花香，夜夜费、一天风露"，真有家国天下一身任之的情怀。

清平乐·独宿博山王氏庵

绕床饥鼠。蝙蝠翻灯舞。屋上松风吹急雨。破纸窗间自语。　　平生塞北江南。归来华发苍颜。布被秋宵梦觉,眼前万里江山。

— 注释 —

＊庵:草屋。

— 品读 —

　　稼轩在山间草屋借宿的这一夜,环境十分简陋。饥饿的老鼠绕着床钻来钻去,蝙蝠围着昏暗的灯上下翻飞。外面风雨正急,松树在风中簌簌作响,糊窗户的纸已经破了,也发出哗啦哗啦的响声。

　　便是在这样的环境中,词人回思自己的身世。他南归之前曾经北至燕山,有过深入敌营擒拿叛徒的壮举,南归以后在为官任上积极有为,在自己职权所及的范围内尽一切努力为收复失地做准备。"塞北江南"这两个概括性的方位词实在蕴含了词人广阔的人生阅历,充满沧桑之感。可是后来的岁月中他未能真正实现上阵抗敌的理想,却在头发花白、容颜苍老之时被放废于山水之间。

　　词中最令人震撼和感动的是最后两句,"布被秋宵梦觉,眼前万里江山",凄风苦雨之中,词人所关注的却不是自身的处境,而是"眼前万里江山"。"万里江山"当然不是此刻眼前的实景,而是萦绕在稼轩心头的对于山河统一的深切愿望。这个愿望已经与稼轩的生命融为不可分割的一体,随时随地都会涌现出来。

青玉案·元夕

东风夜放花千树。更吹落,星如雨。宝马雕车香满路。凤箫声动,玉壶光转,一夜鱼龙舞。　　蛾儿雪柳黄金缕。笑语盈盈暗香去。众里寻他千百度。蓦然回首,那人却在,灯火阑珊处。

— 注释 —

* 玉壶:指月,亦可指灯。
* 蛾儿、雪柳、黄金缕:均指当时女子佩戴的头饰。
* 阑珊:暗淡,将尽。

— 品读 —

　　此词上片写元宵赏灯,一夜车水马龙,人头攒动,各色花灯流光溢彩,极尽繁华热闹之能事。
　　下片写追寻佳人。那女子侧身于穿戴华美的万千佳丽之中,盈盈一笑,倏忽隐没。词人苦苦寻觅,百般追寻不得,猛然回首,却见她正在灯火暗淡的地方悄然独立。此情此景,理解为词人在上元之夜邂逅佳人自无不可,但其深厚意蕴却颇可玩味。

这样热闹的元宵节，那"佳人"却不在人群之中，不在华光之下，而是身处远离人群的灯火暗淡之处。如此寂寞幽独的形象，与南渡之后力主抗战却曲高和寡的词人十分契合。因此词中苦苦寻觅的对象，正是词人离群索居、遗世独立的自我，"众里寻他千百度"，更像是对理想人格的一种追寻。

词的最后几句，王国维先生在《人间词话》中以之为"成大事业、大学问者"的第三种境界，苦苦求索，一朝顿悟，"蓦然回首，那人却在，灯火阑珊处"，亦可视为大惑终解的快慰之感。

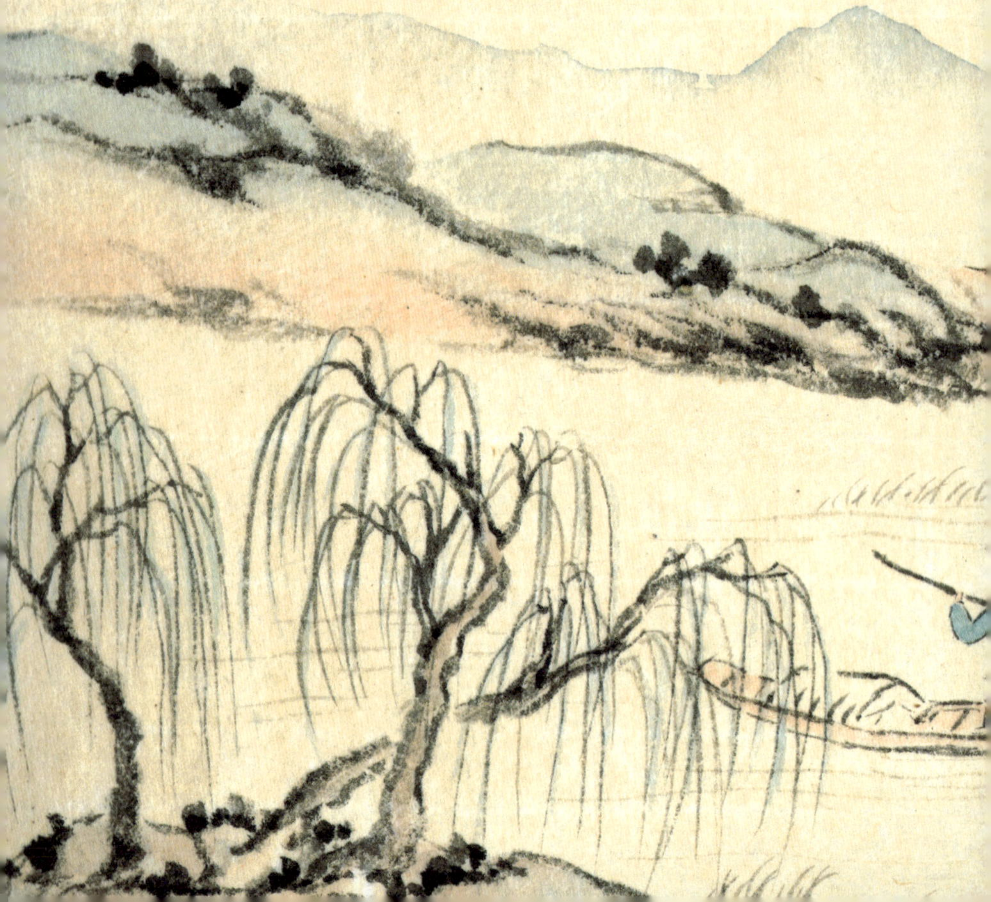

姜 夔

(1155—1221？)

字尧章,号白石道人,鄱阳(今属江西省)人。为人狷介清高,一生不第。诗、词、文俱有成就,其中词的成就最高,风格清空骚雅,幽冷瘦硬。

淡黄柳

客居合肥南城赤阑桥之西,巷陌凄凉,与江左异,唯柳色夹道,依依可怜。因度此阕,以纾客怀。

空城晓角。吹入垂杨陌。马上单衣寒恻恻。看尽鹅黄嫩绿。都是江南旧相识。

正岑寂。明朝又寒食。强携酒、小桥宅。怕梨花落尽成秋色。燕燕飞来,问春何在,唯有池塘自碧。

— 注释 —

* 岑寂:寂寞冷清。
* 小桥:据夏承焘《姜白石词编年笺校》,乔姓本作"桥",此以三国美女小乔代指词人爱侣。

— 品读 —

姜夔的词正如他的别号"白石"二字,色调幽冷,清寂瘦硬。

这是一首写春天的词,可是通篇不见春天明媚鲜活的姿态。全篇唯一一抹亮色只有上片所写"鹅黄嫩绿"的新柳,可是词人却着笔于早春之寒——他是在空城角声悲凉的清晨,身着单衣冒着春寒打马而过,看那夹道柳色的。

下片氛围更是冷寂,时近清明,词人强打精神携酒去访情人,这本是高兴的事,可词人心中还是落寞哀愁。此时方值早春,词中却说"怕梨花落尽成秋色",等春天过去,燕子飞来,寻春不见,只有碧幽幽泛着冷光的池塘。春花千姿百态,姹紫嫣红,词人却独独选了颜色洁白的梨花入词,没有一丝暖意。

这首词意境低沉,恍若流露出一种好景不长、好事难成的忧患情绪。姜夔与合肥情侣最终不谐,词中许多相思情苦之作因此而生,这首《淡黄柳》中患得患失的状态正是对一段感情充满悲观、不确定的表现。

念奴娇·谢人惠竹榻

楚山修竹,自娟娟、不受人间袢暑。我醉欲眠伊伴我,一枕凉生如许。象齿为材,花藤作面,终是无真趣。梅风吹溽,此君直恁清苦。　　须信下榻殷勤,翛然成梦,梦与秋相遇。翠袖佳人来共看,漠漠风烟千亩。蕉叶窗纱,荷花池馆,别有留人处。此时归去,为君听尽秋雨。

— 注释 —

*惠:赠送。

*楚山修竹:楚山,泛指楚地的山。苏轼《水龙吟》:"楚山修竹如云,异材秀出千林表。"袢(pàn)暑:即溽暑,闷热潮湿的暑气。

*梅风:江南梅子成熟时刮的风。恁:那么,那样。

*翛(xiāo)然:自在超脱的样子。

*翠袖佳人:杜甫《佳人》:"天寒翠袖薄,日暮倚修竹。"

— 品读 —

朋友送给姜夔一张竹床,小小的物件,词人把它写得浪漫又美丽。

竹子生在深山,不受酷暑所侵,制成的竹床自能给人带来清凉。词人睡在上面,只觉凉意遍身,比象牙、花藤制作的精美床榻更有自然真趣。南方湿热的梅雨天气里,竹床仍是清清爽爽,"此君直恁清苦",咏物之时隐然有人格意味。如果睡在竹床上做了梦,那是"梦与秋相遇",写凉意如此,真是新奇而生动。

至此而下,"竹榻"的功用、体感说尽,造语愈加虚灵。修竹森森,在杜甫的诗句中,曾有翠袖佳人相倚。芭蕉叶下,荷花池畔,人在何处?结尾隐然流露出怀人与思归之意,对于这位盛暑时节赠送微物的朋友,词人想必也是挂在心上的。

一件小事,一个不起眼的物件,在这首词中尽得清雅之味。

送范仲讷往合肥三首·其二

我家曾住赤阑桥,

邻里相过不寂寥。

君若到时秋已半,

西风门巷柳萧萧。

— 注释 —

* 范仲讷:一作彭仲讷,生平不详,姜夔友人。

— 品读 —

　　姜夔曾寓居合肥赤阑桥,他对这个地方很有感情,所以当朋友要往合肥去的时候,他说起这里犹如说起自己的家乡,亲切有情。《淡黄柳》词中提到合肥情侣,且着意写那里的柳树,这首诗也写到了柳树。

　　在一个地方待久了,有朋友,有情人,有熟悉和喜爱的风景,自然会对这个地方产生感情。姜夔对合肥的感情是复杂的,他在此处有邻里相得的生涯,有相知相许的爱人,可惜情爱不谐,留下了许多遗憾。所以他在提到合肥的时候,口吻总带了几分不经意的寂寥之意。"君若到时秋已半,西风门巷柳萧萧",

这两句平实质朴，却是淡而有味，它令人感受到诗人对朋友的关怀，对故地物是人非的惆怅，还有对时光流逝岁月无情的感慨。可堪讽诵，不厌咀嚼。

但无论如何，姜夔对合肥总是存着深深眷恋的，这组诗的第三首有句云："未老刘郎定重到，烦君说与故人知。"他还希望能够重游故地，请朋友将这个消息带给合肥的故人。至于这"故人"是寻常往来的邻里，还是那令他魂牵梦萦的情人，便不得而知了。

鹧鸪天·元夕有所梦

　　肥水东流无尽期。当初不合种相思。梦中未比丹青见,暗里忽惊山鸟啼。　　春未绿,鬓先丝。人间别久不成悲。谁教岁岁红莲夜,两处沉吟各自知。

— 注释 —

*肥水:源出安徽合肥县西南紫蓬山,分流后其一东流入巢湖。
*不合:不该。
*丹青:丹和青是我国古代绘画常用的两种颜色,借指绘画。
*丝:指头发白。
*红莲:指灯。

— 品读 —

　　思念会被时间磨灭吗?对姜夔来说,好像不是的。
　　相思之苦折磨他太久了,无穷无尽,如肥水东流,以至他回思前事,甚至希望当初干脆不要相识相爱,那样也就不会有以后绵长的痛楚。元宵之夜,他又梦到了久别的爱侣。人在梦里形象模糊,还不如看一幅画真切，何况这美梦也很快就被鸟啼声惊破。

"人间别久不成悲"这一句，委实惊心动魄。它表面上似乎是在说离别久了便不再伤悲，其实恰恰相反。在漫长岁月的消磨下，相思还是一样的相思，不过久经其苦的人已经习惯。他仿佛不再日日沉溺于痛苦，正常生活，甚至常与身边的人说说笑笑。可那未曾愈合的伤痕一旦被触动，还是痛彻心扉。姜夔便是在这一夜，在灯火生辉的元宵佳节，再次触动了旧伤。

所以"人间别久不成悲"绝非不再"悲"，而是悲伤苦痛被时间无限拉长，变得冥顽麻木。正如一个久病的人，他不像初受病痛的时候那样痛哭惨叫，而是呆滞迟钝，对病痛不再有那么大的反应——病痛本身却如附骨之疽，没有一刻或离。

姜夔写下这首词的时候四十多岁，距离他初遇合肥爱侣，已经有二十多年了。

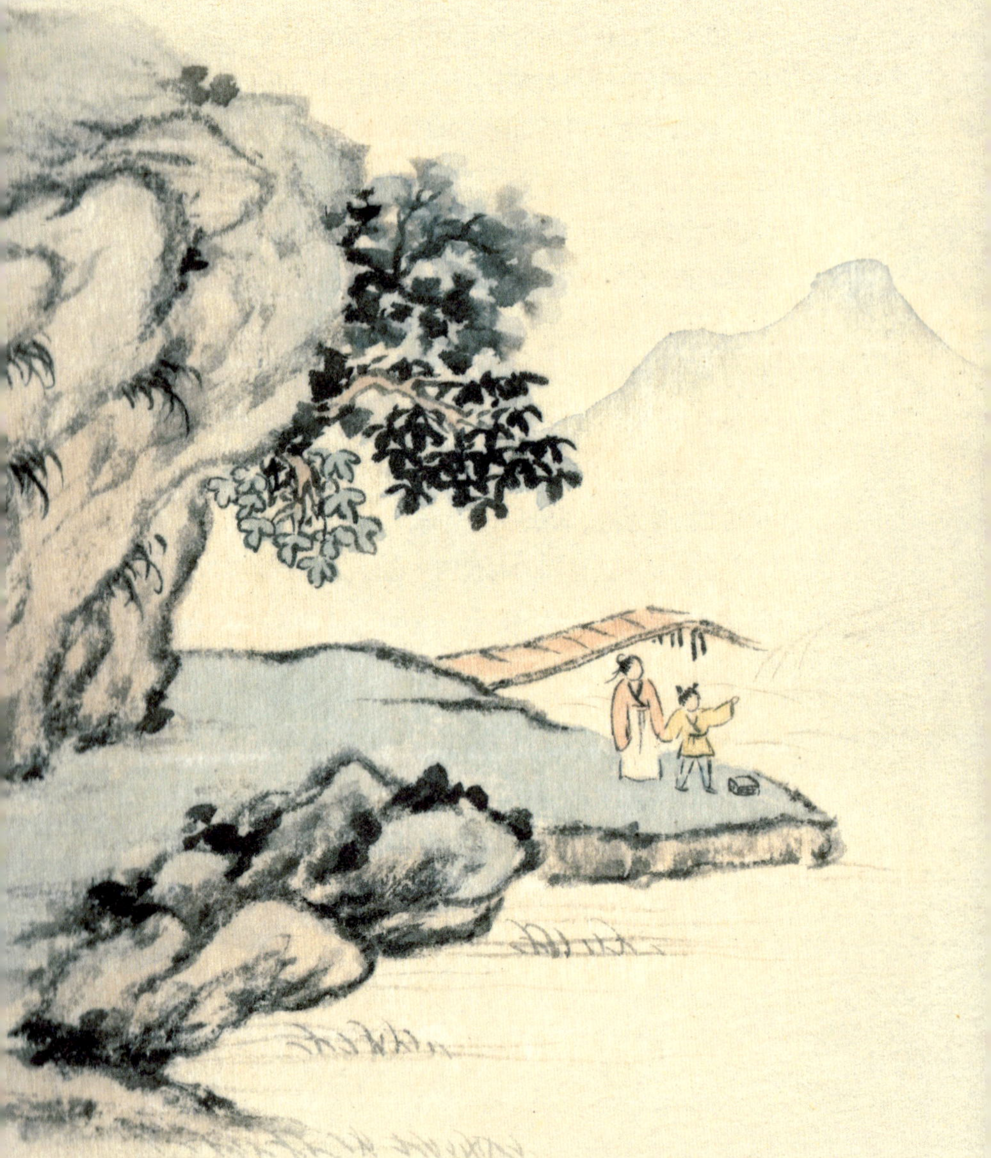

纳兰性德

(1655—1685)

原名成德，字容若，号楞伽山人，满洲正黄旗人，太傅明珠长子。清康熙十五年（1676）进士，官至一等侍卫。幼习骑射，长工文翰。性聪敏，重义气。其所为词纯任性灵，极缠绵婉约之致。

菩萨蛮

朔风吹散三更雪。倩魂犹恋桃花月。梦好莫催醒。由他好处行。　　无端听画角。枕畔红冰薄。塞马一声嘶。残星拂大旗。

— 注释 —

* 朔风：北风。
* 倩魂：唐传奇中有倩女离魂的故事，述张倩娘因思念未婚夫而精魂离体之事，此处指梦魂。
* 红冰：王仁裕《开元天宝遗事》载："杨贵妃初承恩诏，与父母相别，泣涕登车。时天寒，泪结为红冰。"

— 品读 —

纳兰的边塞词苍莽之中时见纤柔，很有特色。

这首词写女子对戍边爱人的思念，场景虚虚实实，似真似幻。开头二句一言"三更雪"，一言"桃花月"，鲜明的对比表现出巨大的张力，给人以强烈震撼。词中的抒情主人公有一个温柔美好的梦境，在那个梦里桃花娇艳，月色分明，自己与爱人相依相偎，相亲不离。梦境之外的现实太过残酷，只有北风呼啸、冰雪连天，爱人不知人在何处，甚至不知是否安全。所以不要醒来吧，在美梦中多耽一会儿。

可梦是那样缥缈又不安稳，她仿佛听到画角声声，在提醒她冰冷的现实，爱人不在身边，却在环境严酷的边塞。以"塞马一声嘶，残星拂大旗"结尾，绵绵相思之中更有壮丽刚劲的边塞风光，美感很丰富。

这是一个温存于梦境之中的春天，让人沉浸留恋，只想一梦不醒。"梦好莫催醒。由他好处行。"纳兰写深情痴想真能动人心魂。

一丛花·咏并蒂莲

阑珊玉佩罢霓裳。相对绾红妆。藕丝风送凌波去,又低头、软语商量。一种情深,十分心苦,脉脉背斜阳。　　色香空尽转生香。明月小银塘。桃根桃叶终相守,伴殷勤、双宿鸳鸯。菰米漂残,沉云乍黑,同梦寄潇湘。

— 注释 —

* 阑珊:零乱,歪斜。霓裳:指唐舞曲《霓裳羽衣曲》,此处写荷花飘动之姿。
* 绾:盘绕打结,此处指理妆。
* 桃根桃叶:晋王献之爱妾名桃叶,其妹名桃根,此处以姊妹喻并蒂莲花。
* 菰米:杜甫《秋兴八首》其七云:"波漂菰米沉云黑,露冷莲房坠粉红。"

— 品读 —

这是纳兰与好友顾贞观等人同调同题唱和之作,造语清丽优美,饶有情韵。

词中所咏的是一株并蒂而生的莲花。风中轻摆,是莲花常见的姿态。词的上片先写风定,莲花静止下来,如一曲《霓裳》舞罢,美女相对理妆。俄而风又起,是"藕丝风送凌波去,又低头、软语商量",莲花再次摆动起来,好像低头凑近说着悄悄话。这几句将风摆莲花的姿态写得巧妙不凡。

　　咏物词若只是描摹物态,则难有情韵。"一种情深,十分心苦,脉脉背斜阳",已然从姿态写到心中的情意。莲心本苦,如人心有愁,但既是并蒂而生,便有心意相通的妙处。下片主要从这方面入手,写并蒂莲相伴相生,同心同梦,从无情之物写到一种亲密的、互相依靠又彼此了解的关系。观通篇词意,词人更像是在描写一对姊妹。而无论亲人、情人、朋友,这样的关系都是令人艳羡的。

浣溪沙

谁念西风独自凉。萧萧黄叶闭疏窗。沉思往事立残阳。　　被酒莫惊春睡重,赌书消得泼茶香。当时只道是寻常。

— 注释 —

＊被酒:醉酒。"赌书"句:李清照《金石录后序》载:"余性偶强记,每饭罢,坐归来堂烹茶,指堆积书史,言某事在某书某卷、第几页第几行,以中否角胜负,为饮茶先后。中即举杯大笑,至茶倾覆怀中,反不得饮而起。甘心老是乡矣。"

— 品读 —

诸多逝去如飞的佳辰、难以弥补的遗憾,都可用这句"当时只道是寻常"喟然一叹。

西风落叶之时,纳兰思念亡妻。他们从前过着李清照与赵明诚一样夫妇相得的美好生活,闲来饮酒酣睡,赌书泼茶,不知有过多少亲密与快乐的时光。那时他们以为可以这般长长久久。

读过下片,再看开头的"谁念"二字,真是发问无端。

词人一腔怨情，多少痴意，都化为斜阳下静默沉思的哀伤剪影。

爱人相伴、身体健康、精神自由……无论什么样的好时光都是短暂的，而当一个人拥有好时光的时候，往往视如寻常。等你意识到好时光有多么珍贵，它多半已不属于你。在愁多乐少、别多会少的人生中，又不知有多少时刻要让人叹上一句"当时只道是寻常"。

采桑子 · 塞上咏雪花

非关癖爱轻模样,冷处偏佳。别有根芽。不是人间富贵花。　　谢娘别后谁能惜,飘泊天涯。寒月悲笳。万里西风瀚海沙。

— 注释 —

* 癖爱:特别喜爱。
* 谢娘:东晋才女谢道韫有咏雪名句"未若柳絮因风起"。
* 悲笳:笳是军中乐器,声音悲凉。
* 瀚海:沙漠。

— 品读 —

纳兰出身贵族,生活优渥,词中却常有愁思,除爱妻早逝以外,更与他自己的天性有关。时人言其"身在高门广厦,常有山泽鱼鸟之思"(韩菼《通议大夫一等侍卫进士纳兰君神道碑铭》),他的父亲明珠是炙手可热的权臣,他一出生便在富贵锦绣之中,可他却常常并不满意这样的生活。

这首《采桑子》虽咏雪花,实为纳兰自喻。"冷处偏佳。别有根芽。不是人间富贵花"的雪花,不像海棠、牡丹等艳丽的花朵生在明媚春光之下，雪花遇到了阳光是要化的，正如词人对自己处境的抗拒与隔膜。雪花不能存在于富贵繁华温煦和暖之处，只能漂泊塞外，与瀚海西风为伴。这句"谢娘别后谁能惜"，俨然有一种孤独之感。纳兰曾扈从康熙出塞，词中景物是他亲眼所见，但流露出的情感却不限于眼前之景。

　　一个人如果无法认同自己的身份，无法接受所处的环境，便会产生孤独之感，在感触敏锐、自我意识强烈的人尤然。孤独感在个人是苦闷的体验，在文学艺术却是灵感的源泉。

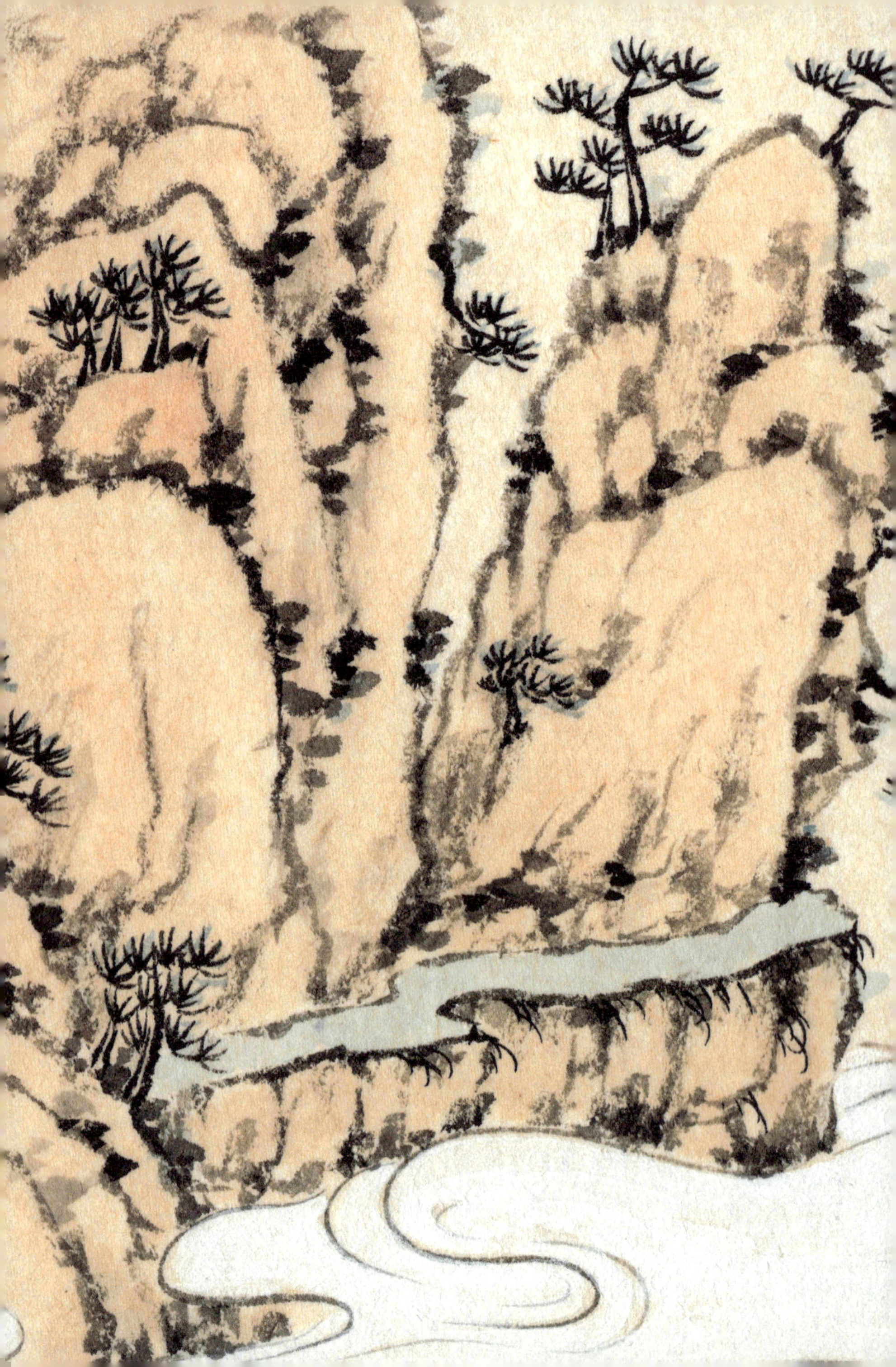

龚自珍

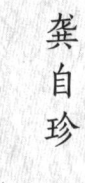

(1792—1841)

字璱人,号定盦,浙江仁和(今杭州市)人。晚清思想家、文学家,道光九年(1829)进士,因敢于直言,受尽排挤,做过内阁中书等小官。诗中充满忧患意识和批判精神,开风气之先,主张顺应时势,改革旧制度,诗歌思想犀利,文字瑰奇。

己亥杂诗·其五

浩荡离愁白日斜,
吟鞭东指即天涯。
落红不是无情物,
化作春泥更护花。

— 注释 —

* 己亥杂诗:道光十九年(1839),龚自珍辞官南归,南来北往安顿家眷的大半年间,写下315首七言绝句,感时观世,忆往思身,因是年为己亥年,这组诗统称"己亥杂诗"。

— 品读 —

龚自珍诗中经常以落花自喻,其《减兰》词云:"身世依然是落花。"辞官离开京师的这一年,天涯路远,诗人纵马奔向不知何往的征程,又一次感到自己命运风雨斑斓,前途如梦如烟。

落花本是诗词中常见的意象,龚自珍写落花却于飘零冷落之外更有一番郁勃的生机。"落红不是无情物,化作春泥更护花",这是脍炙人口的名句,其令人感动之处,正在一片热肠。落花受风雨摧残离开枝头,自己的命运已属可怜，可它却还有余暇去关怀别人，哪怕粉身碎骨，也要化作春天的泥土，去滋养仍在枝头的鲜花。龚自珍所生之世，清王朝急遽衰落，社会弊端处处爆发，他心中对这片土地的关怀，对美好未来的憧憬，可以说是一往情深，不因命运摧折而消减。

龚自珍曾见海棠花落写有《西郊落花歌》，将落花的场景写得雄奇瑰丽，那首诗的结尾是"安得树有不尽之花更雨新好者，三百六十日常是落花时"，写落花而有此生生不已的气机，真是诗人人格精神的外化，可与"落红不是无情物"合而观之。

湘月

壬申夏，泛舟西湖，述怀有赋，时予别杭州盖十年矣。

　　天风吹我，堕湖山一角，果然清丽。曾是东华生小客，回首苍茫无际。屠狗功名，雕龙文卷，岂是平生意。乡亲苏小，定应笑我非计。　　才见一抹斜阳，半堤香草，顿惹清愁起。罗袜音尘何处觅。渺渺予怀孤寄。怨去吹箫，狂来说剑，两样消魂味。两般春梦，橹声荡入云水。

— 注释 —

* 东华：北京紫禁城有东华门，龚自珍六岁跟在京城做官的父亲身边，故云"曾是东华生小客"。生小：年少。
* 屠狗功名：指官职卑微。雕龙：指写作诗文。
* 苏小：南齐钱塘妓女苏小小。西湖边有苏小小墓，龚自珍是杭州人，故以苏小小为"乡亲"。
* 音尘：音信，消息。

― 品读 ―

龚自珍《漫感》诗云:"一箫一剑平生意,负尽狂名十五年。"

箫和剑,也是龚自珍诗中常见的意象。箫代表着郁郁幽怀,剑代表着豪情壮志,这两番心思总是缠绕在肝肠似火却难以实现理想的诗人心中。

这一年夏天,诗人随父亲离开京城,转官赴徽州任,途经杭州,流连家乡景物。他们回家并非出于主观的意愿,乃是官任安排,方才有此一行,所以词的开头说是"天风吹我,堕湖山一角"。

此时的诗人虽然只是个二十来岁的青年,但离开家乡已有十年,自己初得功名,跟在父亲身边也见识了不少宦海波澜,回首前事,已见沧桑意味。于是他面对西湖清丽湖山,面对斜阳芳草下熟悉的苏小小墓,清愁顿起。箫心剑气,根植于他人格中的两种最鲜明的气质,也随着橹声波影飘荡在云光水色之间。

秋心三首·其三

我所思兮在何处，胸中灵气欲成云。
槎通碧汉无多路，土蚀寒花又此坟。
某水某山埋姓氏，一钗一佩断知闻。
起看历历楼台外，窈窕秋星或是君。

— 注释 —

*碧汉：碧天银汉。"槎通碧汉"典故见苏轼《鹊桥仙·七夕送陈令举》词"客槎"注。寒花：秋天零落的花。
*历历：清晰分明。窈窕：幽深的样子。

— 品读 —

"我所思兮在何处"，很容易让人想到东汉张衡的《四愁诗》，"我所思兮在太山，欲往从之梁父艰""我所思兮在桂林，欲往从之湘水深"，无论思慕的对象在哪里，中间都隔着万水千山，艰难险阻，更不用说诗人连"所思在何处"都不知道。

此乃诗人自悼身世之作，"胸中灵气欲成云"，灵氛充塞胸臆，正是诗人一腔抱负满腹才华的象征。可是世事多艰，上下求索无路可通，这种灵气也就在萧瑟秋风中被无情埋没。

  理想失落,诗人与妻子隐姓埋名,归隐于山水之间。"某水某山埋姓氏,一钗一佩断知闻",其中有无限悲哀迷惘之意。便是在那无人知闻的"某水某山",诗人却忽而眺望秋空,看到了一颗灿烂的明星。那颗星幽渺难及,却又明亮如斯,无论诗人"隐"到哪里,都历历可见,难以磨灭,一如他苦苦思慕的理想。

己亥杂诗·其三一二

十二月十九日,携女辛游焦山,归舟大雪。

古愁莽莽不可说,
化作飞仙忽奇阔。
江天如墨我飞还,
折梅不畏蛟龙夺。

— 注释 —

* 焦山:在江苏镇江。
* 古愁:旧愁。莽莽:广阔,无边无际。
* 飞仙:指雪。

— 品读 —

　　龚自珍辞官之后,先安顿了栖身之所,又北上迎归眷属,一路上与同样娴熟文翰的女儿阿辛游览过不少名胜。

　　这一日漫天大雪,诗人满怀愁绪,可他的愁绪却并不是低沉压抑的,而是"化作飞仙忽奇阔",就像肆意飞扬的雪花,那一腔不知从何处说起的愁绪,就这样在天地之间不受拘束地喷薄。龚自珍天性之中原有一种对自然的珍爱，他厌恶一切束缚，他的《病梅馆记》写到时俗赏梅以曲为美，他深感痛惜，把那些遭到修斫而旁逸斜出的梅花盆景种在土里，让它们自然生长。所以当他自己受到打击的时候，他也并未违背天性把这种愁绪埋在心里。也许，保持鲜活的情绪，任由心中愁苦自然流露，便是他最后能做的反抗。

  于是这位有着英雄心肠的诗人，携带娇女赏雪折梅的时候，并未表现出这个情境下常见的文雅秀气，而是直呼"江天如墨我飞还，折梅不畏蛟龙夺"，充满狂傲气质与斗争精神。

天津市哲学社会科学规划研究阐释习近平文化思想
重大委托项目：
中华诗教当代传承的理论与实践研究
（项目号：TJWHSX2301）
阶段性研究成果

张静
南开大学文学院教授、博士研究生导师
南开大学中华诗教与古典文化研究所副所长
央视《百家讲坛》主讲嘉宾

于家慧
南开大学文学院2024级博士研究生
参与编纂《四季读诗》《桐庐百诗》《唐诗三百首：名师抖音共读版》等

人间四时好读诗

张静 于家慧 _ 著

产品经理 _ 应凡　　装帧设计 _ 余雷
技术编辑 _ 顾逸飞　　责任印制 _ 刘淼　　策划人 _ 贺彦军

鸣谢

许婷婷

果麦
www.guomai.cn

以 微 小 的 力 量 推 动 文 明

图书在版编目（CIP）数据

人间四时读好诗 / 张静，于家慧著. -- 沈阳：万卷出版有限责任公司，2024.9. -- ISBN 978-7-5470-6570-9

Ⅰ.Ⅰ22

中国国家版本馆CIP数据核字第2024T66N40号

出 品 人：王维良
出版发行：北方联合出版传媒（集团）股份有限公司
　　　　　万卷出版有限责任公司
　　　　　（地址：沈阳市和平区十一纬路29号　邮编：110003）
印 刷 者：河北尚唐印刷包装有限公司
经 销 者：全国新华书店
幅面尺寸：140mm×200mm
字　　数：200千字
印　　张：8
出版时间：2024年9月第1版
印刷时间：2024年9月第1次印刷
责任编辑：姜佶睿
责任校对：张　莹
装帧设计：余　雷
插　　画：武　月
ISBN 978-7-5470-6570-9
定　　价：98.00元
联系电话：024-23284090
传　　真：024-23284448

常年法律顾问：王　伟　版权所有　侵权必究　举报电话：024-23284090
如有印装质量问题，请与印刷厂联系。联系电话：021-64386496